Océano
Atlántico
Francia
España
Madrid
Lisboa
Gibraltar
África
Mary Celeste
Gesichtet am
25. November
1872

RICHARD DÜBELL

LAST SECRETS

LAST SECRETS III

Der Mythos des Riesenkraken

Baumhaus

Für alle, die fest daran glauben,
dass Mythen unser Leben bereichern.

Einsatz bei Neumond

Die Zwillinge Fynn und Franzi Gerolstein und ihre Freunde Cornelius Jaeckel und Lena Mazani sind unzertrennlich.

Ihre Eltern drehen gemeinsam unter dem Firmennamen *Gerolstein Doks* Dokumentarfilme für das Fernsehen. Das bedeutet, dass sie viel auf Reisen sind. In den Ferien haben die Kinder sie immer begleitet. Doch während der Schulzeit ist das nicht möglich. Aber das macht nichts. Denn Fynn, Franzi, Cornelius und Lena passt es ganz gut, dass sie hin und wieder ungestört sind.

Denn die Zwillinge haben ein Geheimnis, das sie nur mit Lena und Cornelius geteilt haben. Sie sind die Ur-Ur-Ur-Ur-Ur-Urenkel des ersten und berühmtesten Detektivs der Welt: Eugène Vidocq. Nicht einmal Fynns und Franzis Eltern ahnen etwas davon. Fynn und Franzi hingegen wissen es aus der besten Quelle, die es überhaupt gibt: von ihrem Vorfahren Eugène Vidocq höchstpersönlich.

Vidocq starb im Jahr 1857 in Frankreich. Doch sein Geist konnte die Welt nicht verlassen, denn es gab zu viele Rätsel, die noch nicht geklärt waren. Das Wesen eines Detektivs ist es jedoch, Geheimnisse aufzudecken. So blieb Vidocqs ruheloser Geist zurück, verbunden mit der Welt durch eine rätselhafte Maschine, die einst ein genialer Erfinder und Verbrecher für ihn konstruiert hatte. All die Jahre versuchte Vidocqs Geist, Kontakt mit seinen Nachfahren aufzunehmen, in der Hoffnung, dass jemand ihn hören würde – und dass jemand sein detektivisches Geschick geerbt hätte. Erst Fynn und Franzi, die als Zwillinge etwas Besonderes sind, haben sein Rufen in ihren Träumen vernommen.

In ihren Träumen besucht Vidocq sie nun und bittet sie, die Rätsel zu lösen, die er zeitlebens nicht lösen konnte. Immer an den drei Tagen vor, während und nach Neumond kann Vidocq mit ihnen in Kontakt treten und sie auf Missionen schicken.

Selbstverständlich begleiten Cornelius und Lena die Zwillinge auf diese Missionen und helfen ihnen. Denn auch wenn Fynn und Franzi Vidocqs Erben sind – allein auf sich gestellt könnten sie diese Rätsel niemals lösen. Als Team jedoch sind sie unschlagbar!

Mithilfe der geheimnisvollen Maschine besuchen die Kinder fremde Orte – und fremde Epochen. Niemand weiß, was die Maschine in Wirklichkeit alles kann, aber sie kann auf jeden Fall in der Zeit hin- und herreisen und ihre Passagiere an die Orte bringen, an denen die Rätsel zu lösen sind. Das heißt aber nicht, dass sie es auch immer tut …

Die Maschine hat ein Eigenleben. Man kann sich nie darauf verlassen, dass sie auch wirklich dorthin reist, wo ihr Hüter, ein alter Antiquitätenhändler, sie hinschickt. Sicher ist nur eines: Um Mitternacht des dritten Tages, dem Tag nach Neumond, kehrt die Maschine in die Gegenwart zurück, und wenn die Kinder bis dain nicht wieder in ihrem schützenden Zeitfeld sind … lässt die Maschine sie gnadenlos zurück!

Da Vidocqs Geist nicht will, dass den Kindern etwas zustößt, tellt er ihnen für ihre Aufgaben immer einen erwachsenen Beschützer zur Seite, und zwar sich selbst, allerdings sein jüngeres ch. Leider hat der Geist des alten Vidocq vergessen, dass sein üngeres Ich ein Hallodri war, ein Fälscher und Betrüger, der oft m Gefängnis saß, bevor er der erste Detektiv der Welt wurde nd das Verbrechen bekämpfte. So haben die Kinder manchmal hre liebe Not mit ihrem oft verantwortungslosen »Beschützer«. Manchmal fragt man sich, wer hier eigentlich auf wen aufpassen nuss …

Begleitet Fynn, Franzi, Cornelius und Lena und den jungen Eugène Vidocq auf ihre spannenden Missionen in Zeit und Raum – und eid dabei, wenn sie die letzten großen Geheimnisse der Welt entchlüsseln!

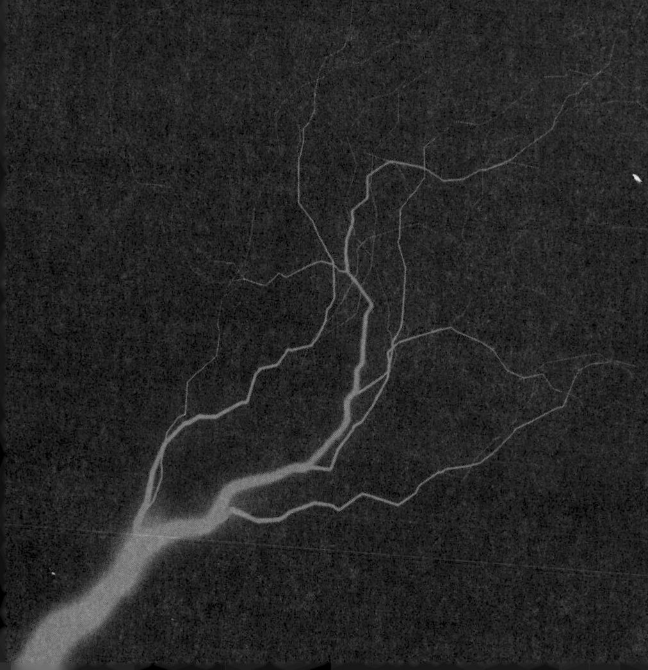

Noch schnell ein paar Erklärungen:

So werden die fremden Namen und Begriffe im Roman richtig ausgesprochen:

Eugène Vidocq	Öschänn Widock
Mary Celeste	Märi Selesst
Pierre Hanselmann	Pjeer Ohngselmann
Dei Gratia	De-i Grazia
Louis d'Or	Lui Dohr
Monsieur	M'ssjöh (d.h. »Herr« auf Französisch)

Wörter, die du vielleicht nicht kennst:

- **Logbuch:** So etwas Ähnliches wie ein Schiffstagebuch, in das alle wichtigen Begegnungen, Sichtungen, Wetterbedingungen, Fahrzeiten, zurückgelegte Strecken usw. eingetragen werden.

- **Koje:** Schlafkammer/Schlafstätte auf einem Schiff.

- **Bilgenwasser, Bilge:** (sprich: Bildsch) Die Bilge ist der unterste Raum in einem Schiff, direkt oberhalb des Kiels. Dort sammelt sich alles Meer- und Schwitzwasser. Es riecht meistens abgestanden und gammlig.

- **Kiel:** In der Mitte des Bodens angebrachte Längsverbindung eines Wasserfahrzeugs. Man könnte sagen, der Kiel ist das Rückgrat eines Schiffs.

- **Bullauge:** Kleines, rundes, wasserdichtes Fenster in der Seitenwand von Schiffen.

- **Savate:** (sprich: Savaat) Eine Kampftechnik, die vor allem in Frankreich im 19. Jahrhundert populär war und sich aus den brutalen Faustkämpfen in den Armenvierteln entwickelte. Es ähnelt Kickboxen. Einer der ersten Savate-Trainer war Michel Casseux (sprich: Mischell Cassöh), der 1825 erste Regeln aufstellte und Kampfsportler in Savate unterrichtete.

- **Brigade:** Ein Begriff aus dem Militärwesen – ein Kampfverband, der sich aus verschiedenen Waffengattungen zusammensetzt und stark genug ist, um selbstständig operieren zu können.

- **Spuren:** Ein anderes Wort für »Befehle befolgen«.

- **Morbus Nonpecunia:** Diesen Ausdruck gibt es so gar nicht – Edgar Hanselmann hat ihn erfunden. Wörtlich übersetzt würde er bedeuten: Krankheit des fehlenden Geldes.

- **Kabuff:** Umgangssprachlicher Ausdruck für ein fensterloses Zimmer oder einen Abstellraum. Wird auch abwertend für alle Räume verwendet, die dunkel oder eng oder miefig sind.

- **Piraten der Karibik:** (Pirates of the Caribbean) Ursprünglich eine Attraktion in mehreren Disney-Freizeitparks. Die Besucher fahren mit einem Boot einen Wasserfall hinunter und landen in der Welt der Piraten, wo durch bewegte und sprechende Figuren, mit Böllerschüssen und Musik das Leben der Freibeuter gezeigt wird. Aus dieser Attraktion entwickelte sich ab dem Jahr 2003 eine extrem erfolgreiche Kinofilmreihe mit Johnny Depp und Keira Knightley, die in Deutschland den Titel »Fluch der Karibik« trägt. Die Filmreihe ist mittlerweile bekannter als ihr eigentliches Vorbild.

- **NASA:** National Aeronautics and Space Administration, auf Deutsch: Nationale Flug- und Raumfahrtbehörde. Sie wurde 1958 gegründet und hat alle amerikanischen Raumfahrtmissionen durchgeführt, von den ersten bemannten Raketenflügen in den 1960er-Jahren bis zu den Flügen der Space Shuttles.

- **Gosse:** Eigentlich die gemauerte Abwasserrinne in der Straßenmitte mittelalterlicher Städte. Steht als umgangssprachlicher Ausdruck auch abwertend für die unterste Schicht der Gesellschaft bzw. deren Aufenthaltsort (Obdachlose oder Kleinkriminelle »leben in der Gosse«).

Wenn ihr noch weitere Ausdrücke findet, die ihr nicht kennt, oder andere Fragen zu den Romanen habt, schreibt mir auf der Internetseite von LAST SECRETS: http://www.last-secrets.de/kontakt/. Ich werde euch so schnell wie möglich antworten.

RIESENKALMAR
– Architeuthis dux –
Klasse: Kopffüßer (Cephalopoda)
Stamm: Weichtiere (Mollusca)
Ordnung: Kalmare (Teuthida)
Gesamtlänge: 18,3 Meter
Anzahl der Arme: 10
Größe der Augen: 50 cm

Das Ungeheuer aus der Tiefe

1

Fynn sah sich um. Vor ihm stand die Zeitmaschine, schimmernd in ihrem eigenen geheimnisvollen Licht. Aber Fynn interessierte sich nicht für den Apparat. Er suchte nach …

Seine Zwillingsschwester Franzi nickte ihm grinsend zu. »Bin schon da«, sagte sie. »Willkommen in meinem Traum.«

»Es ist mein Traum«, widersprach Fynn. Sie sahen sich an und lachten.

»Eigentlich habe ich euch diesen Traum geschickt«, sagte ein Mann, der plötzlich neben der Zeitmaschine stand. »Aber – kein Problem. Hauptsache, es geht euch gut.« Er zwinkerte den Zwillingen zu.

Der Mann war alt und dick. Er trug eine altmodische Frisur mit buschigen Koteletten, einen altmodischen Mantel mit einem hohen Kragen und statt einer Krawatte eine weiße Halsbinde. »Na?«, fragte er. »Geht's euch auch wirklich gut?«

Fynn und Franzi nickten. »Jetzt geht es uns sehr gut, Opa.«

»Weil ein neues Abenteuer bevorsteht?«

»Wir haben echt schon befürchtet, du meldest dich nicht mehr bei uns«, sagte Franzi. »Seit dem letzten Mal ist so viel Zeit vergangen!«

»Das liegt zum einen daran, dass ich euch nur vor dem Neumond aufsuchen kann …«, begann der Mann zu erzählen. Sein Name war Eugène Vidocq, er war der Ur-Ur-Ur-Ur-Ur-Urgroßvater von Franzi und Fynn, und er war seit über hundertfünfzig Jahren tot. Doch sein Geist konnte die Zwillinge in ihren Träumen besuchen – und sie auf spannende Abenteuer senden. Das hatte er bereits zweimal getan.

Franzi unterbrach ihn freundlich. »… ist schon gut, Opa. Wir wissen, was der Hauptgrund war. Du sorgst dich darum, dass uns was zustoßen könnte.«

Vidocq seufzte. »Das letzte Abenteuer wäre beinahe schiefgegangen. Ihr hattet ein Riesenglück, dass …« Der Geist des alten Mannes verstummte, als ob er schon zu viel gesagt hätte.

Fynn und Franzi wechselten einen ihrer Zwillingsblicke, mit denen sie untereinander mehr Informationen austauschen konnten als andere Menschen in einem riesenlangen Satz. »Leider haben wir keine Ahnung, was für ein Riesenglück wir hatten …«, fing Franzi an.

»… weil du nach jedem Abenteuer dafür sorgst, dass wir alles vergessen, was wir dort erlebt haben – außer, dass wir auf einer Mission waren«, vollendete Fynn.

»Natürlich.« Wieder seufzte Vidocq. »Die Rätsel müssen Rätsel bleiben, jedenfalls für den Rest der Menschheit. Und auch für euch. Das gehört zum Zauber des Lebens: Manche Wünsche bleiben Wunschträume, und manche Rätsel werden nie geknackt. Die Lösung geht ganz allein mich etwas an.«

»Aber wie sollen wir uns denn vor möglichen Gefahren vorsehen, wenn wir nichts wissen und nicht darauf vorbereitet sind?«

Vidocq musterte die Zwillinge. »Warum komme ich mir gerade vor wie damals, als eine meiner Betrügereien aufflog und die Ankläger mich in die Zange nahmen?«, brummte er. Er schwieg eine Weile und dachte nach. »Ich überleg's mir. Einverstanden?«

»Gut.«

»Dann seid ihr bereit für eine neue Mission?«

»Aber so was von!«, rief Fynn.

»Lena würde sagen: monsterbereit.« Franzi lachte.

»Es wird aber vielleicht ein bisschen gruselig werden«, sagte Vidocq.

»Lena wird erfreut sein, das zu hören«, meinte Franzi.

»Cornelius weniger«, murmelte Fynn.

»Und was ist mit euch?«, fragte Vidocq mit einem halben Lächeln.

Franzi zuckte mit den Schultern. »Wir unterhalten uns im Traum mit dem Geist unseres Uropas! Was sollte uns da noch gruselig vorkommen?«

Fynn setzte hinzu: »Wir vertrauen dir. Auch wenn du uns nicht sagst, vor welchen Gefahren wir uns in Acht nehmen müssen, und uns blindlings ins Verderben rennen lässt.« Er lächelte.

Vidocq verzog das Gesicht. »Das war jetzt gemein«, beschwerte er sich.

»Also – was glaubst du, wovor wir uns vielleicht doch gruseln könnten?«, wollte Franzi wissen.

»Wie wäre es mit einem rätselhaften Ungeheuer aus den tiefsten Tiefen des Meeres?«, erkundigte sich Vidocq.

Franzi und Fynn sahen sich an. Obwohl sie sich auf die neue Mission freuten, lief ihnen auf einmal ein kalter Schauer den Rücken hinunter. Ein Ungeheuer aus der Tiefsee? Welches Rätsel, für das die Menschen bislang keine Erklärung gefunden hatten, sollten sie diesmal versuchen zu lösen?

»Was soll das für ein Wesen sein?«, fragte Fynn.

»Ein Meeresdinosaurier?«, riet Franzi.

Vidocq blickte die Zwillinge nachdenklich an. »In der Nacht«, flüsterte er dann, »wenn die See so schwarz ist wie der Himmel und die Sterne am Firmament nur ein kaltes, weit entferntes Glitzern ... wenn die Wellen anfangen zu murmeln und der Wind in der Takelage stöhnt wie die Seelen der ertrunkenen Seemänner ... da hört ihr es auf einmal. Verstohlen streicht es über den Kiel eures Schiffs, heimlich tastet es über die Planken ... sucht mit hungrigen, gierigen Fingern nach Einlass, und wenn es keinen findet, dann umarmt es das Schiff, umschlingt es, fesselt es ... zieht es mit Mann und Maus hinab in die tiefsten Tiefen ...«

Franzi fasste unwillkürlich nach Fynns Hand. Beide hatten auf einmal eine Vision, wie einen Traum im Traum; von einem Schiff, das durch die Dunkelheit glitt, über ein Meer, das so still dalag, dass die Sterne sich auf seiner Oberfläche spiegelten. Aber hinter dem Schiff, lautlos und unerbittlich, näherte sich ein Schatten unter der Wasseroberfläche, ein derart finsterer Schatten, dass er selbst die Spiegelung der Sterne auslöschte.

Vidocq räusperte sich. »Hallo?«, fragte er unsicher, als weder Fynn noch Franzi etwas sagten, sondern nur erschrocken ins Leere starrten.

Der Traum im Traum verging. Fynn schüttelte sich wie ein Hund, der ein nasses Fell hat.

»Was war das denn gerade?«, fragte er mit rauer Stimme. »Auf so eine Monsterjagd willst du uns senden?«

Vidocq stutzte und sah auf einmal sehr verlegen aus. »Oh«, sagte er. »Ich hab mich wohl mitreißen lassen … äh …«

»Was hast du da eben beschrieben?«, wollte Franzi wissen. »Ist das eine Legende, oder hast du das selbst … erlebt?«

»Vergesst es«, sagte Vidocq. »Selbst als Geist ist man nicht davor gefeit, ein Dummkopf zu sein. Vergesst die Mission.«

Fynn und Franzi sahen sich an. Dann stahl sich langsam ein

Grinsen auf Fynns Gesicht, das sich nach einem kurzen Moment in Franzis Zügen spiegelte.

»Vergessen?«, fragte Fynn. »Nachdem du es so spannend gemacht hast? Kommt nicht infrage! Um welches Ungeheuer geht es?«

2

Wie üblich besprachen sich Fynn und Franzi am nächsten Tag mit ihren Freunden Lena und Cornelius.

Es war ein Freitag Ende Februar, kurz vor den zweiten Winterferien. Da nur Fynn und Franzi in dieselbe Schule gingen (sogar in dieselbe Klasse), musste das Gespräch bis zum Nachmittag warten. Sie hatten vereinbart, sich im Münchner Hofgarten zu treffen. Im Frühling, Sommer und Herbst war der großzügige Park mitten in der Innenstadt ein beliebter Treffpunkt von Jung und Alt. Jetzt pfiff jedoch ein kalter Ostwind durch die Baumalleen, sodass die Freunde den Hofgarten für sich hatten. Allerdings machte die Kälte sogar den Aufenthalt unter den windgeschützten Arkaden vor dem Theatermuseum ungemütlich.

Er wurde besonders ungemütlich, weil sie auf Lena warten mussten. Cornelius vergrub das Kinn im Kragen seines Parkas, und Fynn und Franzi zogen die Schultern hoch. Sie stellten sich eng zusammen und schnieften.

»Rufen wir sie an«, schlug Fynn vor.

Cornelius, der vor Kälte zitterte, sagte: »Krieg das Telefon nicht raus, meine Hand ist in der Tasche festgefroren.«

Franzi prustete vergnügt. »Wird das Teil nicht beim Telefonieren warm? Vielleicht frierst du dann wenigstens nicht mehr an den Ohren.«

»Hast du keine kalten Ohren? Telefonier du doch«, gab Cornelius motzig zurück.

Fynn und Franzi wechselten einen überraschten Blick. Normalerweise war Cornelius immer extrem höflich und ausgeglichen. So eine patzige Antwort war man von ihm nicht gewohnt. Cornelius hatte den Blickwechsel gesehen und wusste, dass Fynn und Franzi damit auf ihre übliche geheimnisvolle Zwillingsart kommunizierten. Er konnte sich natürlich denken, worüber. Er seufzte.

»Okay, okay. ’Tschuldigung.« Er zog beide Hände aus den Parkataschen. »Tadaaaa!« Cornelius’ Hände waren leer.

Cornelius ohne Smartphone war wie ein Jedi-Ritter ohne Lichtschwert. Fynn war sofort klar, warum Cornelius so schlechte Laune hatte. »Ist dein Handy kaputt?«, fragte er mitfühlend.

»Nee«, brummte Cornelius. »Meine Mutter hat es mal wieder konfisziert.«

»Was hat sie damit gemacht?«

»Sie hat es mir weggenommen. Beschlagnahmt. Für das ganze Wochenende, beginnend mit heute.«

»Oh Mann, Alter, das ist ja monsterkrass«, sagte Franzi und

merkte gar nicht, dass sie das sagte, was Lena gesagt hätte, wenn sie da gewesen wäre. »Das passiert dir aber oft, oder?«

»Warum denn diesmal?«, fragte Fynn.

»Weil die Katze gestern Abend das Geschirr auf dem Boden zerdeppert hat.«

»Die Katze? Was hat die denn mit deinem Handy zu tun?«

Aber bevor Cornelius das Ganze genauer erklären konnte, trat Lena unter die Arkaden, sah sich um und kam dann mit hektischen Schritten auf sie zu. Die Freunde starrten sie an. Obwohl sie Lena schon lange kannten, waren sie immer wieder überrascht von ihrem ausgefallenen Kleidungsstil. Sie hatte nämlich die seltsame Angewohnheit, eine Gesichtshälfte, genauer gesagt, ein Auge zu verhüllen. Heute trug sie einen silbern glänzenden Metallreif über ihrer Wollmütze. An dem Reif war eine runde spiegelnde Scheibe befestigt, die vor einem Auge hing und ein Loch hatte, durch das man hindurchsehen konnte.

»Was glotzt ihr mich so an?«, fragte Lena, als sie endlich keuchend vor ihnen stand. »Noch nie 'nen Stirnspiegel gesehen?« Sie gab Cornelius einen Schubs.

»Mensch, Alter, warum gehst du nicht an dein Telefon? Ich versuch dich schon die ganze Zeit anzurufen!«

»Warum hast du nicht bei Franzi oder mir angerufen?«, fragte Fynn, der sich heimlich fragte, wo Lena immer diese verrückten Sachen herhatte.

Lena zuckte mit den Schultern. »Weil ich zuerst immer an Cornelius denke, wenn es ums Handy geht.«

»Das musst du dir für dieses Wochenende abgewöhnen«, sagte Franzi. »Der arme Cornelius hat sein Handy wieder mal abgeben müssen.«

»Ach, monsterkacke«, sagte Lena voller Mitgefühl. »Warum denn?«

»Weil die Katze das Abendessen gefressen hat«, kicherte Fynn.

»Die Katze hat das Geschirr vom Abendessen runtergeworfen«, berichtigte Cornelius mit beleidigter Miene.

»Wieso kriegst du dann das Telefon abgenommen?«, fragte Lena.

»Und wieso hat die Katze das Geschirr runtergeschmissen?«, fragte Franzi.

»Weil sie zu schnell auf die Anrichte gesprungen und ausgerutscht ist«, erwiderte Cornelius.

»Wieso ist sie zu schnell gesprungen?«, fragte Lena.

»Weil sie sich erschrocken hat.«

»Und seit wann kann eine Katze ausrutschen?«, wollte Fynn wissen.

»Kann sie, wenn sie klatschnass von Orangensaft ist.«

Fynn kratzte sich am Kopf. »Wieso war die Katze voller Orangensaft?«

»Weil der volle Saftkrug direkt neben ihr auf den Küchenboden gefallen und in tausend Scherben zersprungen ist.«

»Und das hat sie so erschreckt?«, mutmaßte Franzi.

»Richtig«, sagte Cornelius mit einem peinvollen Ausdruck im Gesicht.

»Und wie konnte der Saftkrug runterfallen?«

»Weil er auf dem Tablett stand, das ebenfalls runtergefallen ist.«

»Und wie konnte …«, fragte Lena und machte eine Handbewegung, die ausdrücken sollte, dass sie zu ungeduldig war, den offensichtlichen Rest der Frage auch noch auszusprechen.

»Weil ich gleichzeitig das Tablett wegräumen und eine WIRE-Nachricht beantworten wollte«, gestand Cornelius.

Fynn grunzte erheitert. Franzi sagte: »Dann hast du ja Glück gehabt, dass dein Handy nicht auch runtergefallen ist.«

»Das hab ich ja sofort aufgefangen«, erklärte Cornelius.

»Das Tablett aber nicht?«, fragte Lena grinsend.

»Ich musste mich für eins entscheiden.«

»Also gut«, sagte Fynn, nachdem sie aufgehört hatten zu lachen. »Warum bist du zu spät gekommen, Lena?«

»Ich bin mit der Trambahn eine Station zu weit gefahren.« Lena hob ihr Mobiltelefon hoch. »Ich hab mir ein neues YouTube-Video über die Pottwale angeschaut und dabei vergessen, rechtzeitig auszusteigen.«

Franzi nickte, während Fynn und Cornelius betreten dreinsahen. »Die Tiere tun mir leid«, sagte sie.

Vor einer Woche war ein Dutzend Wale an der Nordseeküste von Schleswig-Holstein gestrandet – Pottwale, riesige Tiere mit einer Länge von mindestens zehn Metern. Das größte der Tiere war sogar knapp zwanzig Meter lang gewesen. Retter von Greenpeace, Einsatzkräfte aus den nahen Städten und das Veterinäramt hatten versucht, den Walen zu helfen. Die gewaltigen Tiere waren Säugetiere und brauchten Luft zum Atmen, dennoch konnten sie nur im Wasser leben. An Land erdrückte ihr eigenes Gewicht ihre inneren Organe, und ihr Herz blieb stehen. Alle Bemühungen hatten nichts geholfen. Die Wale waren gestorben. Keiner wusste, warum sie ins flache Wasser geschwommen waren, statt im Tiefen zu bleiben.

»Ja, monsterkrass«, bestätigte Lena, die trotz ihres taffen Auftretens immer total traurig wurde, wenn Tieren ein Leid geschah.

»Weiß man inzwischen, warum die Tiere sich nicht in Sicherheit gebracht haben?«, fragte Fynn. Sie hatten alle in den letzten Tagen das Schicksal der Wale verfolgt und waren sehr betroffen.

»Nein. Es ging um das große Tier. Sie haben Nahaufnahmen von seiner Haut gezeigt. Ich sag euch was – monster ... monster ... ichweißnichtwas. Jedenfalls monster. Solche Narben! Der Wal muss viele Kämpfe geführt haben und mindestens einen gegen ein wahres Ungeheuer. Da waren runde Narben in seiner Haut, riesengroß ... und wie reingefräst.« Lena schüttelte sich. »Da überlebt der Riesenkerl all diese Kämpfe und geht dann im flachen Wasser drauf, weil er nicht mehr ins Meer zurückfindet.«

»Weil du gerade ›Meer‹ sagst«, begann Fynn. »Wir haben wieder ...«

»Ihr habt Besuch von Opa Vidocq gehabt!«, rief Lena und strahlte. »Es geht wieder los, oder?«

»Heute ist Neumond«, bestätigte Franzi und lächelte. »Und das Wochenende steht auch noch bevor. Klasse Timing, oder?«

»Monsterritz!«

»Worum geht es diesmal?«, fragte Cornelius.

3

Fynn und Franzi erzählten ihren Freunden ausführlich, was Vidocqs Geist ihnen verraten hatte.

»Am 12. Dezember 1872 lief ein Schiff namens Dei Gratia im Hafen von Gibraltar ein«, erklärte Franzi. »Einen Tag später folgte ihr ein anderes Schiff. Es wurde von Männern gelenkt, die eigentlich zur Besatzung der Dei Gratia gehörten, aber auf das andere Schiff umgestiegen waren, als dieses und die Dei Gratia tausend Seemeilen von Gibraltar entfernt aufeinandertrafen.«

»Die Leute auf dem anderen Schiff waren alle an einer Krankheit gestorben«, vermutete Lena und formte die Finger zu Klauen. »Oder sie litten an einem Fluch wie die Piraten der Karibik in dem Film ...«

»Der Name des anderen Schiffs war Mary Celeste«, sagte Fynn, der Lenas Einwurf ignorierte. »Als die Dei Gratia auf sie stieß, waren ihre Segel gehisst, sie fuhr vor dem Wind, aber es war keine Menschenseele an Bord, und es ist bis heute ungeklärt, was aus dem Kapitän, der Familie und der Besatzung der Mary Celeste geworden ist oder warum sie ein vollkommen seetüchtiges Schiff verließen, dessen Segel alle gesetzt waren.«

»Die Mary Celeste ist das berühmteste Geisterschiff der Welt«, murmelte Cornelius.

»Geisterschiff?«, fragte Lena. »Hört sich ja ritz an.«

»Hast du noch nie was vom Fliegenden Holländer gehört?«, fragte Cornelius.

»Ist das 'ne neue Fluglinie?«

Cornelius verdrehte die Augen. Er wusste so gut wie Fynn und Franzi, dass Lena manchmal dümmer tat, als sie war, weil sie cool rüberkommen wollte. Anders als die Zwillinge nervte es ihn jedoch manchmal. Er fand nicht, dass es cool wirkte, wenn man so tat, als habe man keine Ahnung.

»Der Fliegende Holländer ist ein Geisterschiff!«, sagte er schärfer, als er wollte. »Sein Kapitän und seine Besatzung sind dazu verdammt, bis in alle Ewigkeit auf den Weltmeeren zu segeln. Das Holz des Schiffes ist in all den Jahrhunderten so trocken geworden, dass ein Windhauch ausreicht, um es in die Luft

zu erheben, wo es dann über den Wolken segelt. Wenn der Fliegende Holländer auf ein anderes Schiff trifft, kann es sein, dass dessen Besatzung nachher spurlos verschwunden ist … und das verlassene Schiff treibt dann über den Ozean, alle Segel gesetzt, in der Messe steht das Essen noch auf dem Tisch, ein Frühstücksei ist frisch geköpft … doch von den Seeleuten und Passagieren findet sich nie wieder eine Spur.«

»Ritz«, sagte Lena, und Cornelius wurde klar, dass sie diesmal wirklich nicht gewusst hatte, worum es ging. »Waren auf der Mary Celeste auch frisch geköpfte Eier auf dem Frühstückstisch?«

»Nein, aber die Lebensmittelvorräte waren alle noch da und die Betten in den Kajüten gemacht. Der Schiffskompass war verschwunden, das Logbuch des Kapitäns und sämtliche Schiffspapiere waren auch weg, aber die persönlichen Besitztümer der Seeleute und die Fracht hatte man zurückgelassen.«

»Wir sollen herausfinden, ob eine bestimmte Theorie über das Verschwinden der Crew zutrifft«, erklärte Franzi.

»Und was ist das für eine Theorie?«

»Dass das Schiff angegriffen wurde.«

»Also doch von Piraten? Auf, auf, Männer, yoho …!«

»Nicht von Piraten«, sagte Franzi.

»Ich glaube, ich weiß, welche Theorie das ist«, murmelte Cornelius. Er war auf einmal ganz blass um die Nase.

»Keine Sorge, wir sollen nur in den Hafen von Gibraltar reisen, zum 13. Dezember 1872«, sagte Fynn. »Opa Vidocq will uns auf keinen Fall in Gefahr bringen. Unsere Aufgabe ist lediglich, mit den Seeleuten zu sprechen, die die Mary Celeste in den Hafen gebracht haben, und uns das Schiff selbst anzuschauen. Da es um das Schiff und seine Fracht eine Gerichtsverhandlung gab und die Besatzung der Dei Gratia deswegen zum Stillschweigen angehalten wurde, gibt es nur diese eine Chance, die Wahrheit herauszufinden – direkt nach dem Einlaufen der Mary Celeste und bevor die Verhandlung begann.«

»Die Wahrheit worüber?«, fragte Lena, die von Cornelius' plötzlicher Nervosität angesteckt wurde.

»Die Wahrheit darüber, wer oder was die Mary Celeste möglicherweise angegriffen hat.«

»Piraten?«, fragte Lena noch mal, obwohl sie schon wusste, dass sie damit auch im dritten Anlauf völlig danebenlag.

»Ein Ungeheuer aus den tiefsten Tiefen des Meeres«, sagte Fynn.

Lena starrte ihn an.

»Monster…«, begann sie.

»Im wahrsten Sinn des Wortes«, stöhnte Cornelius.

»…krass«, vollendete Lena.

»Kopf hoch«, sagte Franzi. »Niemand weiß, ob es dieses Ungeheuer wirklich gibt.«

»Und wenn es existiert?« Cornelius' Stimme zitterte.

»Dann kann uns trotzdem nichts passieren, denn es hat die Mary Celeste, wenn überhaupt, auf offener See angegriffen, und wir werden uns schließlich nur ein bisschen im Hafen von Gibraltar umsehen.«

»Hat das Monster auch einen Namen?«, fragte Lena. »So was wie Killerkarpfen oder Mördermuschel?«

»Riesenkrake«, sagte Fynn.

Lena starrte ihn an. »Alter …«, sagte sie, aber für alles andere fehlten ihr ausnahmsweise die Worte.

4

»Ihr müsst noch etwas wissen«, sagte Fynn. »Opa Vidocq sorgt doch immer dafür, dass wir alles vergessen, was wir während der Missionen erleben. Aber wir haben ihn überredet, uns wenigstens ein bisschen was zu erzählen, damit wir beim nächsten Einsatz besser vorbereitet sind.«

»Auf mögliche Gefahren«, sagte Franzi.

»Auf Pierre Hanselmann«, sagte Fynn.

»Auf wen?«, fragte Lena unwillkürlich, obwohl ihr eigentlich klar war, um wen es ging.

Pierre Hanselmann war der Erfinder der Zeitmaschine. So, wie Eugène Vidocq der Urahn von Fynn und Franzi war, handelte es sich bei Pierre um den Urahn von Edgar Hanselmann, der in München eine Antiquitätenhalle betrieb und der derzeitige Besitzer der Zeitmaschine war. Anders als Edgar, der zwar mürrisch und schräg, aber ein ehrlicher Kerl war, war Pierre ein Verbrecher gewesen, den Vidocq zu Fall gebracht hatte. Unter Umständen, die die vier Freunde immer noch nicht kannten, war Pierre Hanselmann mit einem Nachbau seiner ersten Zeitmaschine vor Vidocq geflohen und in der Zeit gestrandet. Bei ihrem Abenteuer auf Atlantis war er den Kindern in die Quere gekommen, hatte versucht, ihre Zeitmaschine zu stehlen und sie in der Vergangenheit zurückzulassen. Auch Vidocq wusste nicht, was danach aus ihm geworden war – aber insgeheim fürchtete der Geist des Detektivs, dass Pierre bei einem neuen Abenteuer wieder auftauchen und den Freunden erneut Schwierigkeiten machen würde. Deshalb hatte er sich dazu überreden lassen, Fynn und Franzi einen Teil ihrer Erinnerungen zurückzugeben, und diese teilten sie nun mit Lena und Cornelius.

»Wenn das so weitergeht, überleg ich mir noch mal, ob ich diesmal wirklich mitkomme«, beschwerte sich Cornelius. »Ein Geisterschiff, ein Monster aus der Tiefsee und ein Schurke, der uns die Zeitmaschine klauen will ... Tolle Aussichten!«

»Du kannst nicht hierbleiben«, sagte Fynn. »Wir brauchen dich.«

»Außerdem gehst du ein, wenn du ein ganzes Wochenende ohne uns und ohne dein Handy verbringen musst«, lachte Franzi.

»Nächster Punkt auf der Liste«, sagte Lena daraufhin entschlossen: »Eine monsterritze Einladung bei Oma Bernadette abgreifen!«

Bernadette Jaeckel war Cornelius' Oma. Sie hatte pechschwarz gefärbtes Haar, knallrote Fingernägel, trug Jeans und Cowboystiefel und fuhr ein uraltes Motorrad mit Beiwagen, das sich anhörte wie ein Panzer. Cornelius' Mama hielt ihre Mutter für eine verantwortungslose alte Schachtel; die Eltern von Fynn, Franzi und Lena schienen von Bernadette manchmal regelrecht eingeschüchtert zu sein. Die vier Freunde selbst fanden Bernadette, um es mit Lenas Worten zu sagen, monstermonsterritz. Besonders, seit Cornelius' Oma bei ihrem letzten Abenteuer hinter die Geschichte mit der Zeitmaschine gekommen war und versprochen hatte, ihnen ein Alibi für ihre Eltern zu geben, wann immer sie auf eine neue Mission gingen. Ihre Bedingung war nur gewesen, dass man sie einweihte und dass sie die Mission aus der Gegenwart irgendwie überwachte – so, wie das Missionskontrollzentrum der NASA den Raumflug eines Space Shuttle kontrollierte. Der Einzige, der Bernadettes Mitwirkung als lästig empfand, war Edgar Hanselmann, der Besitzer der Zeitmaschine. Aber auch da waren sich die Kinder nicht so sicher. Bei ihrer letzten Begegnung hatte Bernadette von Hanselmann einen originalen alten Tankdeckel für ihr Motorrad geschenkt bekommen; und Bernadette hatte versprochen, ihm einen Kuchen zu backen ...

Während der S-Bahn-Fahrt zu Bernadette, die im Randbereich Münchens wohnte, steckten die Freunde die Köpfe zusammen und sahen sich das YouTube-Video an, das Lena so schockiert hatte. Entsetzt schauten sie sich die toten Wale an und die Narben, die der größte von ihnen trug. Sie sahen wirklich schlimm aus. Cornelius war der Meinung, sie stammten von Schiffsschrauben, aber die anderen konnten sich das nicht vorstellen. Fynn meinte, der Wal müsse in diesem Fall ganz stillgehalten haben, als

die Schrauben ihm die kreisrunden Narben in die Haut frästen, und das Tier wäre ja wohl schön blöd gewesen, wenn es das getan hätte. Cornelius hatte auch keine andere Idee und fühlte sich ohne die Möglichkeit, im Internet nachschlagen zu können, ungewohnt hilflos. Das Angebot der anderen, ihm ihre Telefone zu leihen, schlug er aus. Er war frustriert und ließ sich auch durch Lenas flapsige Bemerkung nicht aufheitern, dass er froh sein solle, sein Handy für dieses Wochenende losgeworden zu sein – Edgar Hanselmann hätte es ihm ohnehin abgenommen, bevor er sie in die Vergangenheit schickte.

Die Ursache der Narben blieb jedenfalls ein Rätsel, und das Video gab ihnen auch keinen Aufschluss darüber.

Bernadette war vom Auftauchen der Kinder überrascht. Fynn fiel erst jetzt ein, dass sie die alte Dame gar nicht vorgewarnt hatten. Normalerweise wäre das Cornelius' Aufgabe gewesen – eine kurze Nachricht per WhatsApp oder WIRE und alles wäre klar gewesen. So aber hatte niemand Oma Bernadette benachrichtigt.

»Warum hast du denn nicht Bescheid gesagt?«, wollte Bernadette nach der überraschten, aber trotzdem freudigen Begrüßung von Cornelius wissen. »Ich hätte Saft und Cola für euch geholt.«

»Cornelius hat derzeit kein Handy«, erklärte Franzi, als Cornelius finster schwieg. Ihm ging es langsam auf den Wecker, dauernd auf sein fehlendes Handy angesprochen zu werden.

»Hast du es verloren, Schätzchen?« Bernadette spähte besorgt zu ihrem Enkelsohn hoch, der einen Kopf größer war als sie und mindestens eineinhalbmal so schwer. »Kannst du es nicht orten?«

»Mama hat es konfisziert«, brummte Cornelius.

»Warum das denn?«

»Es hat mit 'ner Katze voller Orangensaft und einer blitzschnellen Entscheidung von Cornelius zu tun«, sagte Lena lachend.

Bernadette sah ratlos von einem zum anderen. Dann zuckte sie mit den Schultern. »Ich versteh kein Wort. Willst du mein Handy haben, Cornelius? So wie letztes Mal?«

Cornelius erwiderte: »Danke, Oma. Aber dieses Wochenende hilft es mir eh nichts.«

Bernadette nickte. Allmählich ahnte sie, was der unangemeldete Besuch zu bedeuten hatte. »Hm. Dann brauchen wir wohl auch keinen Saft und keine Cola. Es geht wieder los, oder?«

Fynn nickte bestätigend. »Genau, wir möchten auf eine neue Mission gehen.«

Bernadette drohte mit dem Finger. »Wehe, ihr kommt dabei wieder in Gefahr. Dann reise ich eigenhändig in der Zeit zurück und ziehe Herrn Vidocq die Hammelbeine lang!«

»Nein, diesmal ist es ganz einfach.« Die vier Freunde schilderten Bernadette, welches Rätsel sie lösen sollten.

Bernadette schüttelte den Kopf. »Was der für Sachen wissen will. Riesenkraken?« Dann bewies sie, dass Cornelius seine Eigenart, ein wandelndes Lexikon zu sein, anscheinend von seiner Großmutter geerbt hatte. Bernadette musste nicht einmal googeln. »Eigentlich ist die Bezeichung Riesenkrake ohnehin falsch. Vidocq meint Riesenkalmare. Riesenkraken sind was ganz Gewöhnliches und auch überhaupt nicht riesig. Aber Riesenkalmare ...« Bernadette hob die Hände vor den Mund und wackelte mit den Fingern.

Die Kinder, vor allem Lena, starrten sie entgeistert an. »Zehn Arme winden sich um den messerscharfen Schnabel in ihrer Mundöffnung. Zwei davon sind Tentakel, die auf der Suche nach Beute umhertasten und sie festhalten, während die anderen acht Arme sich um sie schlingen und sie in die Tiefe zerren. Sie leben in großen Meerestiefen. Manchmal kommen sie an die Oberfläche, weil sie verletzt sind oder einer Beute bis ins flache Wasser hinterherjagen. Dort sterben sie, und ihre Überreste werden an Land gespült. Man hat Teile von Exemplaren gefunden, die den Schluss nahelegen, dass das gesamte Tier bis zu zwölf Meter lang war.«

Bernadette sah, wie die Kinder sich eine Länge von zwölf Metern vorzustellen versuchten. »Der Sprungturm im Olympiabad ist zehn Meter hoch«, sagte sie. »Ein normaler Riesenkalmar wäre demnach noch zwei Meter länger.«

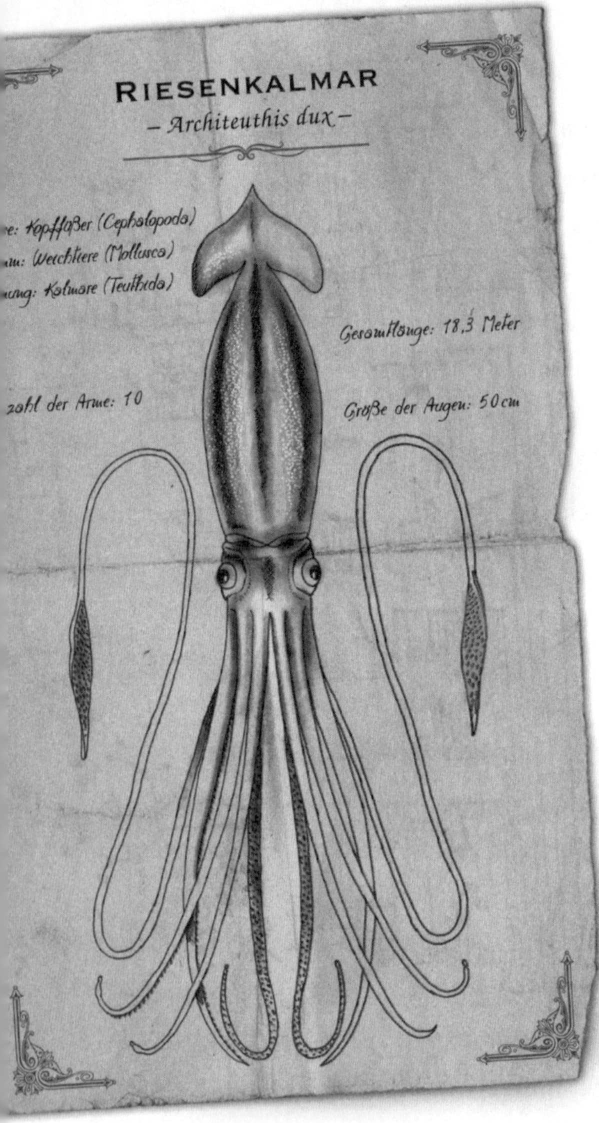

Die vier Freunde kannten das Olympiabad, auch wenn es bisher noch keiner von ihnen gewagt hatte, von der obersten Plattform des Turms hinunterzuspringen. Sie schluckten und blickten sich an.

Cornelius sagte schließlich: »Dass Riesenkraken und Riesenkalmare nicht das Gleiche sind, wusste ich gar nicht. Aber ich frage mich, wo da das Rätsel liegt, wenn diese Tiere schon so gut erforscht sind.«

Bernadette sah die Freunde der Reihe nach an. »Erforscht sind nur die Tiere, deren Überreste man zufällig gefunden hat. Aber es gibt Hinweise … Hinweise auf tentakelbewehrte, fangarmwimmelnde Ungeheuer, die in der tiefsten Tiefsee hausen, dort, wo nie ein Licht hinkommt, riesengroße Monster mit Hunderten von Saugnäpfen an den Tentakeln, in jedem Saugnapf ein Ring rasiermesserscharfer Zähne ... Niemand weiß, ob es diese riesigen Tiere wirklich gibt, weil man immer nur Teile der kleineren Exemplare gefunden hat, aber man schätzt, dass die wirklich großen Riesenkalmare bis zu sechzig Meter lang werden können, vom Ende des längsten Tentakels bis zur Spitze des Körpers ... Sie haben nur einen einzigen Feind, der ihnen gefährlich werden kann, und das sind die Pottwale, die bis in die tiefste Meeresdunkelheit tauchen können und mit ihnen kämpfen ...«

»Alter«, platzte Lena heraus, die ein wenig grün im Gesicht geworden war, »jetzt weiß ich auch, woher die Narben auf der Haut des toten Pottwals kommen. Von den Zähnen in den Tentakelsaugnäpfen!« Sie blickte mit großen Augen in die Leere und versuchte sich zu erinnern, wie groß die Narben gewesen waren. Sie waren auf jeden Fall ... riesengroß gewesen. Wenn man ihre Größe zugrunde legte, dann mussten die Fangarme, an denen sie saßen ...

»Monsterkrass«, flüsterte sie. »Die Fangarme müssen so dick gewesen sein wie der Körper eines Erwachsenen. Oder noch dicker!«

»Wenn ihr rausfindet, dass es solche Monster echt gibt ...«, sagte Bernadette, die selbst so etwas wie Jagdfieber zu spüren schien.

»... oder dass eines von ihnen die Mary Celeste angegriffen hat ...«, fuhr Cornelius fort und wurde beim Gedanken daran ebenfalls grün im Gesicht.

»… dann wäre das die absolute Sensation!«, vollendete Bernadette.

»Nur werden wir uns leider nicht daran erinnern«, wandte Fynn ein. »Weil Vidocq wieder unsere Erinnerung löschen wird.«

»Ja, aber bis dahin werdet ihr die Lösung des Rätsels kennen. Und darauf kommt es an. Hach, ich beneide euch, all diese Dinge herausfinden zu können. Schöne Grüße an Vidocq, wenn ihr ihn seht. Ich kann ihn verstehen, dass er das Gefühl hat, glücklicher zu leben, wenn er all das weiß.«

Franzi räusperte sich. »Ich glaube, sein Ziel ist eher, endlich glücklich zu sterben, wenn wir alle seine ungelösten Rätsel geknackt haben. Frieden zu finden sozusagen.«

Bernadette winkte ab. »Das kann er halten, wie er will. Aber damit eines klar ist: Wehe, euch wird nur ein Härchen gekrümmt. Dann bekommt er es mit mir zu tun, Geist hin oder her. Habt ihr schon eine Ausrede für eure Eltern, warum ihr das Wochenende angeblich bei mir verbringt?«

»Unsere Eltern werden wahrscheinlich alle froh sein, wenn sie ihre Ruhe vor uns haben«, sagte Fynn. »Sie müssen übers Wochenende an einer Doku arbeiten.«

Cornelius' Gesicht leuchtete plötzlich auf. »Und dass Mama mir das Handy weggenommen hat, ist noch eine weitere Ausrede – ich habe mich aus Ärger und Kummer zu Oma geflüchtet, und ihr als meine Freunde steht mir in meinem Leid bei.«

»Gott, wie monsterkrass du leidest«, sagte Lena grinsend und knuffte Cornelius in die Seite. »Wie du das nur überlebst.«

»Also gut«, sagte Bernadette. »Ihr benachrichtigt eure Eltern, ich gebe deiner Mutter Bescheid, Cornelius, und dann fahren wir los. Ihr müsst allerdings mit der S-Bahn zur Antiquitätenhalle fahren, mit dem Motorrad geht es nicht.«

»Ja, ich glaube, inzwischen passen wir nicht mehr alle drauf«, sagte Franzi beinahe wehmütig. Als sie noch kleiner gewesen waren, hatte Bernadette sie einmal allesamt mit dem Motorrad in der Gegend herumgefahren – drei von ihnen in dem geräumigen Beiwagen, den vierten, Cornelius, der schon damals ziemlich groß gewesen war, auf dem Rücksitz. Diese Fahrt war einer der Gründe, warum Cornelius' Mutter Bernadette für verantwortungslos hielt ...

»Stimmt«, sagte Bernadette. »Aber der eigentliche Grund ist, dass ich ... äh ... vorhin einen Kuchen gebacken habe und den im Beiwagen transportieren will.«

»Aha«, sagte Lena, etwas ratlos, wo da der Zusammenhang bestand.

»Den Kuchen«, gestand Bernadette und verfluchte sich dafür, mit dem Thema überhaupt angefangen zu haben, »hab ich für Edg... für Herrn Zauselmann ... ich meine, für den alten Zausel Edgar Hanselmann gebacken. Ich hatte ohnehin vor, ihn heute zu besuchen.«

»Aha!«, sagte Lena wieder, diesmal aber mit einer ganz anderen Betonung. Sie grinste.

Bernadette musterte sie ungnädig. »Was meinst du denn damit, junge Dame?«

»Ich? Nichts ...« Lena klappte den Stirnspiegel herunter, den sie heute trug, und grinste Bernadette einäugig an. Nach einer kurzen Pause grinste Cornelius' Oma zurück.

»Ich will keine weiteren Bemerkungen mehr darüber hören, verstanden?«, sagte sie.

»Verstanden«, antworteten die vier Freunde im Chor. Und brachen alle in Lachen aus.

5

Edgar Hanselmann, der Antiquitätenhändler und unfreiwillige Hüter der Zeitmaschine, saß in dem kleinen Kabuff, das von seiner Halle abgetrennt war und ihm als Büro diente. Mit S-Bahn und U-Bahn waren die Kinder tatsächlich schneller als Bernadette mit ihrem Motorrad zur Hohenzollernstraße gelangt, wo sich die Halle befand. Sie hatten nicht draußen warten wollen, weil der Wind immer noch eisig war.

»Schauen Sie sich ruhig um«, sagte Hanselmann und kritzelte dabei in einem großen Heft mit vielen Tabellen herum. Er sah gar nicht auf. »Sollten Sie wider Erwarten etwas finden, an dem Sie Freude haben und ich ein bisschen Geld verdiene, rufen Sie mich einfach. Oder werfen Sie mir die Scheine durch die Tür.« Er klang so kratzbürstig wie eh und je, aber nicht ganz so feindselig wie sonst. Er hörte sich eher müde und resigniert an.

»Wir hätten gerne eine Zeitmaschine geliehen. Für die Zeit des Neumonds«, gab Lena zur Antwort.

Hanselmann richtete sich schlagartig in seinem Stuhl auf, wandte sich jedoch nicht um. Er legte den Bleistift weg und seufzte. »Ich dachte, der Tag könnte nicht mehr schlimmer werden.«

»Kommen Sie«, sagte Lena frech. »Geben Sie schon zu, dass Sie uns vermisst haben.«

»Wie einen Magen-Darm-Virus«, knurrte Hanselmann. Er drehte sich um und musterte die Kinder über eine Lesebrille hinweg. Seine Wangen waren noch unrasierter als sonst, sein Musketierbart zerzaust und sein langes graues Haar wirkte ungepflegt und hätte dringend mal gewaschen werden müssen. »Sagt bloß, ihr wollt noch ein drittes Mal durch die Zeit reisen.«

»Wenn es nach uns geht, auch ein dreißigstes Mal«, erklärte Fynn. »Ist alles klar mit Ihnen?«

»Wieso fragst du das?«, schnappte Hanselmann.

Fynn zögerte. Er hatte nicht nachgedacht, als er sich nach Hanselmanns Befinden erkundigt hatte. Dabei hätte er sich denken können, dass der alte Antiquitätenhändler unwirsch reagieren würde. Was sollte er jetzt antworten? ›Weil unser Uropa gesünder aussieht als Sie, und der ist schon seit hundertfünfzig Jahren tot‹?

»Geht wieder nach Hause«, knurrte Hanselmann, ohne Fynns Antwort abzuwarten. »Heute ist ein schlechter Tag.«

»Was?«, rief Fynn. »Sie wissen doch genau, dass wir nur in der Neumond-Zeit reisen können! Wir müssen vier Wochen warten, wenn wir nicht heute loslegen!«

»Und das wird noch zu früh sein«, brummte der Antiquitätenhändler.

»Was ist denn los?«, fragte Franzi. Sie kam Lena zuvor, die schon Luft geholt hatte. Franzi wusste, dass Lena vermutlich eine echt ruppige Antwort auf der Zunge lag, und sie wollte verhindern, dass Hanselmann richtig wütend wurde und sie alle hinauswarf. »Sind Sie krank? Können wir Ihnen irgendwie helfen?«

»Ich leide an Morbus Nonpecunia«, sagte Hanselmann.

»Nehmen Sie ein Aspirin«, empfahl Lena.

Hanselmann schenkte Lena einen langen Blick. Zum Erstaunen der anderen drei wurde er aber nicht zornig, sondern seufzte nur. »Einmal noch die hirnlose Unbeschwertheit der Jugend haben«, murmelte er.

»Was meinen Sie mit hirnlos?«, fuhr Lena auf.

Hanselmann wandte sich ab. »Kommt ein anderes Mal wieder, Kinder.« Er kritzelte aufs Neue in seinen Heften herum.

Ratlos sahen sich die vier an. Da hörten sie von draußen das Röhren von Oma Bernadettes Motorrad. Hanselmann horchte auf. Das Geräusch wurde lauter und lauter, war für einen Moment beinahe unerträglich, als Bernadette ihr Gerät in die enge Zufahrt neben der Halle steuerte, und hörte dann abrupt auf. Der Motor erstarb. Hanselmann legte seinen Bleistift beiseite und lauschte, ohne die Kinder anzusehen. Etwas quietschte, wie Stahlfedern, die sich entspannen. Einen Augenblick herrschte Stille, dann erklang Oma Bernadettes Stimme: »Huhu! Sind schon alle in die Steinzeit gereist, oder ist noch jemand da?«

Hanselmann vergrub in gespielter Verzweiflung das Gesicht in den Händen. »Was hab ich bloß verbrochen?«, stöhnte er.

Lena lehnte sich an Cornelius und flüsterte: »Hast du 'ne Ahnung, was Morbus Nonpecunia ist?«

Cornelius zuckte nur mit den Schultern.

»Na hoffentlich ist es nicht ansteckend«, meinte Lena. »Ich hab echt keine Lust, dass mir davon auch so ein scheußlicher Bart wächst.«

6

»Ich wusste gar nicht, dass die Kinder heute kommen«, sagte Hanselmann. Er lehnte an einem alten Schreibtisch im Verkaufsbereich seiner Halle, gestikulierte mit beiden Händen und zerraufte sich dabei das Haar, das er, bevor er aufgestanden war, um Bernadette die Tür zu öffnen, hastig gekämmt hatte. »Und ich hab heute weiß Gott Wichtigeres zu tun, als eine Zeitreise zu überwachen.«

»Sie überwachen sie ja nicht, Sie sitzen bloß da und warten, bis die Zeitmaschine wieder zurückkehrt«, sagte Lena.

»Und das«, erklärte Bernadette und lächelte fröhlich, »können wir auch zu zweit tun!« Sie reichte Hanselmann ein riesiges Stück Kuchen, das auf einem bunt bemalten Teller mit Goldrand lag. Hanselmann nahm den Teller automatisch entgegen und musterte ihn. »Meine Güte«, murmelte er dann. »Haben Sie den von zu Hause mitgebracht? Das könnte ja ... das könnte ja ein Teller aus der Zeit der Französischen Revolution sein! Du lieber Gott, der ist ein halbes Vermögen wert. Wie sind Sie denn daran gekommen? Sie können doch da keinen Kuchen draufpacken!«

»Keine Sorge, der gehört mir nicht«, beruhigte ihn Bernadette. »Ich hab ihn aus diesem Schrank.« Sie deutete auf ein Kabinett in Hanselmanns Verkaufsraum.

Hanselmann hätte beinahe den Teller fallen lassen. »Der ist von mir?«, japste er.

»Essen Sie lieber schnell auf, damit der Kuchen den Lack nicht beschädigt«, sagte Bernadette grinsend. »Kinder, ihr nehmt euch besser die Pappteller da.«

Hanselmann war zu erschüttert, um zu merken, dass er Bernadettes Kuchen mit einer Kuchengabel in sich hineinschaufelte, in deren Griff ein Adler mit einer Krone eingraviert war und die offensichtlich aus dem Kaiserreich stammte – also gut hundert Jahre alt war – und aus echtem Silber. Langsam glätteten sich seine angespannten Züge. »Mmmh!«, sagte er mit vollem Mund. »Ift da echte Fokowade dwin?«

»Das dürfen Sie aber glauben!«, versetzte Bernadette.

»MMMMH!«

Bernadette holte aus einer ihrer Satteltaschen, die sie mit hereingenommen hatte, eine Thermoskanne heraus. »Kaffee?«

Nachdem der Kuchen großteils aufgegessen war und die Thermoskanne leer, wirkte Hanselmann nicht mehr so blass wie vorher. Er war auch nicht mehr so schlecht gelaunt. Lag es an Bernadette, die lächelte, wann immer sich ihre Blicke begegneten?

»Ich hatte keine Ahnung, dass ihr heute kommt«, sagte er zu den Kindern.

»Haben Sie's denn die letzten beiden Male gewusst? Sie waren doch immer total überrascht«, sagte Fynn.

»Total unangenehm überrascht«, ergänzte Franzi.

Hanselmann brummte ein bisschen vor sich hin. »Da hab ich's zumindest geahnt – wegen des Briefes.«

»Welcher Brief?«

»Der, den ich jedes Mal am Morgen in meinem Briefkasten gefunden habe. Auf dem euer Reiseziel stand.«

»Ich dachte, die ganzen Reiseziele stehen auf der Liste in dem Briefumschlag, in dem sich auch die Bedienungsanleitung der Zeitmaschine befindet?«, fragte Cornelius. »Die Liste, die Sie uns immer nicht haben lesen lassen.«

»Nein, die stehen da nicht drauf«, seufzte Hanselmann. »Ich wollte euch nur nicht merken lassen, dass ich auch keine Ahnung habe, was läuft.«

»Haben Sie denn heute schon in Ihrem Briefkasten nachgesehen?«, wollte Franzi wissen.

Hanselmann sah sie überrascht an. »Nein«, sagte er dann. »Oh Mann. Ich hab ganz vergessen ... weil ich gleich in der Früh hergegangen bin und ...« Seine Stimme verklang. »Dann schau ich halt jetzt mal nach!« Er klang schon fast wieder so grantig, wie man es von ihm gewöhnt war.

Während er nach draußen ging, betrat Bernadette sein Kabuff und betrachtete die aufgeschlagenen Hefte.

»Was machst du denn da, Oma?«, stieß Cornelius hervor. »Das gehört sich nicht!«

»Wieso denn?«, fragte Bernadette. »Er hat sie offen liegen lassen, oder nicht?« Ihre Blicke überflogen die Tabellen. »Aha. Aha. So ist das also.«

»So ist was?«, fragte Fynn.

»Nichts, nichts. Kümmert euch lieber um eure Reise. Und esst den letzten Kuchen weg, der wird ja bloß trocken.«

Hanselmann kam mit einem Briefumschlag zurück. Er schlitzte ihn mit dem Fingernagel auf und zog einen Zettel heraus. Den Umschlag warf er auf den Tisch. Fynn hob ihn auf.

»Der ist in Frankreich abgestempelt«, sagte er.

Hanselmann nickte. »Und bevor du weiterfragst: Ich gehe jede Wette ein, dass auch diese Briefmarke sich gar nicht im offiziellen

Briefmarkenkatalog der französischen Post findet. Wie die Briefmarke beim letzten Mal. Wurde aber trotzdem abgestempelt. Wahrscheinlich sind die Beamten überarbeitet.«

»Und was bedeutet das?«, fragte Cornelius. »Ich meine, wer fabriziert denn gefälschte Briefmarken, die es gar nicht gibt?«

»Wenn du es nicht weißt, Superhirn ...« Hanselmann zuckte mit den Schultern. »Ich jedenfalls weiß es nicht.« Er überflog die wenigen Zeilen, die auf dem Papier standen. »Na, das ist ja dieses Mal beinahe einfach.«

»Wie schön«, sagte Lena sarkastisch.

»Ich muss nur die Einstellung ganz genau vornehmen, sonst kommt ihr neben dem Hafenkai raus und fallt ins Wasser«, sagte Hanselmann boshaft. »Heute schon geduscht?«

»Haha«, machte Lena und rollte mit dem einen sichtbaren Auge. »Wirklich sehr witzig.«

Hanselmann war mit seinen Gedanken schon weiter. »Mit welchen Klamotten fallt ihr im Jahr 1872 in Gibraltar nicht auf? Hmmm ... Da hat es damals wahrscheinlich vor Seeleuten nur so gewimmelt ... na gut, einfache Matrosentracht ... Kommt mal mit, ich glaub, ich hab da was.«

Die Kinder folgten Hanselmann in den Bereich seiner Halle, in dem er schon einmal, bei ihrer ersten Reise, passende Kleidung für ihre Mission nach Schottland gefunden hatte. Er öffnete einen modern aussehenden, aber ziemlich zerkratzten Kleiderschrank, nahm ein paar Sachen heraus und legte sie auf einen nahen Tisch. »Da«, sagte er. »Zieht das an.«

»Nie und nimmer«, befand Franzi, nachdem sie einen Blick auf die Kleidung geworfen hatte. Sie sah aus wie Matrosenanzüge für Kleinkinder – nur in der Größe von Erwachsenen. Franzi schämte sich schon, wenn sie nur daran dachte, so herumzulaufen.

»Was soll das jetzt?«, fragte Hanselmann. »Bei den letzten beiden Malen hast du doch auch nicht rumgezickt.«

»Da sollte ich auch keine Babysachen anziehen!« Franzi wandte sich Hilfe suchend an Lena – die Mädchen mussten modetechnisch zusammenhalten! »Was sagst du?«

Lena betrachtete die Sachen mit glänzenden Augen. Sie hatte sogar den Spiegel hochgeklappt. »Monsterritz«, sagte sie. »Darf ich die hinterher behalten?«

Franzi ließ den Kopf hängen und gab widerwillig nach. Sie verschwanden in verschiedene Ecken der Halle und zogen sich um. Die Kleidung – weiße Hosen und weiße Hemden mit dem charakteristischen blau-weißen Kragen und Rückenlatz – war ihnen nur minimal zu groß. »Das sind echte Sachen von Erwachsenen aus dem Ende des 19. Jahrhunderts«, sagte Hanselmann zu Bernadette. »Die Leute waren damals ein gutes Stück kleiner als heute. Schlechte Ernährung und so. Die hatten niemanden, der ihnen einen guten Schokoladenkuchen backt.« Er lächelte Bernadette unbeholfen an.

Bernadette strahlte zurück. Lena und Franzi stöhnten. Lena murmelte halblaut: »Schmalz, Schmalz, Monsterschmalz.« Fynn und Franzi kicherten.

»Haltet die Klappe, Kinder«, sagte Bernadette gelassen. »Seid ihr so weit?«

Ein vierstimmiges »Ja!« ertönte.

Sie stapften zur Zeitmaschine und zwängten sich unter dem Ring hindurch. Sie nickten, als Bernadette plötzlich mit besorgter Miene fragte: »Habt ihr alles, Kinder? Seid ihr wirklich so weit?«, sahen Hanselmann dabei zu, wie er mühsam und mit der Zunge zwischen den Zähnen die Koordinaten einstellte und dann zurücktrat, die Hand an dem großen Hebel.

»Countdown«, sagte er. »Drei, zwei – schöne Grüße an die Gibraltar-Affen – eins, null ... Zündung.«

SHHHH-ZAMMMMM!

LOGBUCH
Mary Celeste
25. November 1872
Der Wind frischt auf. Machen gute Fahrt.
Die Ladung mit den Alkoholfässern ist fest
verzurrt. Leichte Dämpfe im Laderaum.
Bis zum Abend haben wir weitere
40 Seemeilen zurückgelegt. Alle wohlauf.
TWO PENCE
Werden also rechtzeitig in Gibraltar ankommen.
Passieren gerade an Backbord Santa Maria.
Keine besonderen
Vorkommnisse.
Captain
Benjamin Briggs
W
E
S

Das Geisterschiff

7

»Oh Mann«, rief Cornelius. »Warum ist das immer so schnell vorbei?«

»Wo ist der Eimer?«, würgte Lena.

Nach der ersten Reise mit der Zeitmaschine hatte Cornelius die Erfahrung mit einer Fahrt auf dem Skyfall verglichen, einer Oktoberfestattraktion. Für Cornelius konnten Fahrgeschäfte nicht wild oder ausgefallen genug sein. Daher genoss er es jedes Mal, wenn er in der Zeitmaschine saß. Lena, der schon in der Schiffsschaukel schlecht wurde, teilte diese Begeisterung nicht. Ihr wurde dabei total übel.

Fynn sah sich in der Düsternis, die sie umgab, um. Er hatte einen bösen Verdacht, der sich von Augenblick zu Augenblick erhärtete. »Das ist nicht der Hafen von Gibraltar.«

Cornelius drehte sich einmal um sich selbst. »Das ist ein Lagerraum. Da, alles voller Fässer. Die Zeitmaschine hat uns vermutlich hier landen lassen, damit wir nicht plötzlich mitten in einer Menschenmenge auftauchen und alle zu Tode erschrecken. Wahrscheinlich gehört das Lager irgendeinem Weinhändler.«

»Wenn das ein Lagerraum im Hafen von Gibraltar ist«, fragte Fynn langsam, »wieso schwankt dann der Boden?«

»Und wieso hört es sich an, als seien wir von Wasser umgeben?«, ergänzte Franzi.

»Und wieso«, stöhnte Lena, »stinkt es hier so ekelhaft nach Gammelfisch?«

Sie lauschten alle angestrengt. Sie hörten das Glucksen und Zischen von Wasser, das von außen gegen einen Schiffsrumpf schlägt, und das Knarren und Ächzen von Holz und Tauwerk. Der Boden schwankte und zitterte. Um sie herum war der Geruch von nassem Holz und fauligem Bilgenwasser, vermischt mit dem bittersüßen Duft von Alkoholdünsten aus den Fässern und dem von Lena bereits bemerkten Gestank nach faulem Fisch. Mittlerweile hatten sich ihre Augen an die Düsternis gewöhnt. Sie befanden sich irgendwo unter Deck in einem Frachtraum. Durch verschiedene Ritzen und winzig kleine Bullaugen fiel etwas Licht herein. Es gab keinen Zweifel.

»Ein Schiff«, seufzte Fynn. »Die Zeitmaschine hat wieder mal danebengezielt.«

»Monsterkrass«, flüsterte Lena. »Diesmal hört das Geschaukel in meinem Magen gar nicht auf. Ich hab das Gefühl, ich sitze immer noch in der blöden Maschine.«

»Das Geschaukel kommt von der Bewegung des Schiffs«, erklärte Franzi langsam. »Es ist keine Nachwirkung der Zeitreise.«

Lenas Gesicht wandte sich ihr zu. Selbst in diesem schlechten Licht konnte Franzi erkennen, dass Lena käsebleich war.

»Na super«, stieß Lena hervor. »Hat jemand 'ne Pille gegen Seekrankheit?« Sie würgte trocken und stöhnte dann leise.

»Ich hoffe nur, wir sind auf irgendeinem Schiff, das im Hafen von Gibraltar liegt«, sagte Franzi. »Beim ersten Mal hat die Zeitmaschine uns ja auch halbwegs genau ans Ziel gebracht.«

»Genau, wir mussten bloß stundenlang latschen, um die nächste Siedlung zu erreichen«, klagte Cornelius. »Und beim zweiten Mal waren es ja nur ein paar tausend Jahre, um die sich die Zeitmaschine vertan hat!«

»Wenn das Schiff, auf dem wir rausgekommen sind, im Hafen liegen würde«, sagte Fynn so leise, dass nur Cornelius und Franzi ihn hören konnten, »würde es nicht so in den Wellen rollen. Im Hafen gibt's keinen solchen Seegang.«

Cornelius' Augen wurden rund vor Schreck. »Du meinst …«

»Ja … Aber lass uns am besten nachsehen«, sagte Fynn.«

Sie schoben die Zeitmaschine in den dunkelsten Winkel des Frachtraums und hofften, dass sie dort keiner entdeckte. Dann tasteten sie sich zu einer engen hölzernen Treppe vor, die nach oben bis zu einer geschlossenen Luke führte. Die Luke war nicht ganz dicht, man konnte den Rahmen aus Licht sehen, der ihre Umrisse nachzeichnete. Lena stolperte neben ihnen her und lehnte sich dabei an Cornelius.

»Wo ist eigentlich Vidocq?«, ächzte sie. »Ich hoffe, er taucht auf, bevor ich mir auf die Schuhe kotze …« Sie musterte die Treppe mit zusammengekniffenen Augen. Sie schien sich nicht sicher zu sein, ob sie dort überhaupt hinaufkommen würde.

»Sehen wir zu, dass wir an Deck kommen. Dann stellt sich ja raus, auf welchem Schiff wir sind«, sagte Fynn. Er folgte seiner

Schwester die kurze Treppe hinauf. Gemeinsam drückten sie von unten gegen den Lukendeckel. Er bewegte sich.

»Ich weiß, auf welchem Schiff wir sind«, stöhnte Lena. »Wir sind auf der USS Monsterkrass … is' mir schlecht …!«

Sie öffneten die Luke und kletterten hinaus ins Freie, auf das Hauptdeck eines Segelschiffs. Es war helllichter Tag, der Himmel blau, die Luft so eisig wie zu Hause in München. Über ihren Köpfen flatterten voll gesetzte Segel in einer leichten Brise. Einige davon waren zerrissen. Ein paar Taue baumelten lose im Wind. Das Deck war nass, zwei weitere Luken im vorderen und hinteren Bereich standen offen, die Lukendeckel lagen unordentlich daneben. Glasscherben glitzerten in der blassen winterlichen Sonne.

Von der Besatzung fand sich keine Spur. Und was noch schlimmer war: Weit und breit war kein Land in Sicht.

Die vier Freunde waren ganz allein auf diesem Schiff, dessen Segel gesetzt waren und das so aussah, als müssten jeden Moment die Seeleute irgendwo auftauchen. Aber sie taten es nicht.

Das Schiff war verlassen.

Mitten auf dem offenen Meer.

Während Fynn und Franzi einen ihrer Zwillingsblicke wechselten und beide die Beklommenheit des anderen spüren konnten, war Cornelius blass geworden. Er drehte sich einmal um sich selbst und ging dann auf ein weiß gestrichenes Deckshaus im hinteren Teil des Schiffs zu. Es hatte rundherum Fenster, eine Tür stand offen und schlug mit jeder Bewegung des Schiffs leise an die Kajütenwand. Lena würgte, dann stolperte sie auf die Reling zu und beugte sich darüber. »Ich glaub, ich muss wirklich …«

»Oh Mann, ich wusste es!«, schrie Cornelius aus dem Inneren der Kajüte. »Schnell, kommt alle her!«

Fynn und Franzi folgten seinem Ruf hastig. Lena winkte nur ab, ohne aufzusehen. Sie würgte immer noch.

Im Inneren des Deckshauses befand sich das Steuerruder des Schiffs. Auch hier lagen überall Glasscherben. Wasserlachen standen darin, liefen von einer Seite zur anderen, wenn das Schiff in den Wellen rollte. Ein Gehäuse direkt vor dem Ruder war beschädigt. Auf seiner Basis war ein Messingschild angebracht. Der Name des Schiffs stand darauf. Cornelius' Finger deutete auf ihn. Er war jetzt genauso bleich wie die über der Reling hängende Lena.

Mary Celeste.

»Toll«, jaulte Cornelius. »Wir sind genau dort, wo wir nie hinwollten ...«

Weiter kam er nicht. Die drei Freunde zuckten erschrocken zusammen, denn von draußen kam ein Schrei.

»Lena!«, stieß Franzi hervor. Sie rannten alle drei gleichzeitig durch die Kajütentür, blieben darin hängen, befreiten sich und stürzten aufs Deck.

Lena lag neben der Reling, triefend vor Nässe, und bewegte sich nicht.

8

In der Antiquitätenhalle standen Bernadette Jaeckel und Edgar Hanselmann noch ein paar Augenblicke vor der Zeitmaschine und betrachteten sie. Niemand hatte bis jetzt so ganz verstanden, wie der Apparat funktionierte. Klar war nur, dass er nicht sich selbst mit seinen Passagieren in die Vergangenheit schickte, sondern nur eine Art Abbild – einen Zwillingsbruder, wenn man so wollte, der durch das Ziehen des Hebels und das Starten der

Zeitreise erschaffen wurde. Was immer jemand an der Version der Zeitmaschine, die in der Halle stehen blieb, herummanipulierte, wirkte sich auf die in die Vergangenheit gereiste Kopie aus. So konnte man, wenn man den großen roten Hebel zog, die Zeitreise sofort unterbrechen und die Zeitreisenden zurückholen.

Von den weiteren Funktionen der Maschine hatte Edgar Hanselmann nur so viel verstanden, dass sie denen, die mit ihr durch Zeit und Raum reisten, half, die jeweils am Zielort gesprochene Sprache zu beherrschen. Außerdem besaß sie ein gewisses Eigenleben. Beim letzten Mal hatte sie die Kinder nicht zu den Koordinaten geschickt, die Hanselmann eingestellt hatte, sondern in eine andere Epoche und an einen anderen Ort. Wenn das hier jetzt wieder passierte? Aber was sollte diesmal schiefgehen? Die Raum-Zeit-Koordinaten hatten klar in dem Brief gestanden, und Hanselmann hatte sie getreulich eingestellt – wie beim letzten Mal ... Er wollte gerade seinen Sorgen Ausdruck verleihen, da wandte sich Bernadette Jaeckel an ihn und sagte: »So, und jetzt mal raus mit der Sprache. Sie stecken in Schwierigkeiten, oder?«

»Wie meinen Sie das?«

»Sie müssen gar nicht schroff werden. Die Kohle stimmt nicht, oder?«

»Wie kommen Sie denn darauf?« Hanselmann hörte sich jetzt noch schroffer an als vorher, aber das hinderte Bernadette nicht am Weiterreden.

»Jetzt passen Sie mal gut auf«, sagte sie, »zufällig weiß ich ganz gut, wie ein leeres Bankkonto aussieht. Außerdem kann ich eine Geschäftsbilanz lesen, selbst wenn sie mit so einer Sauklaue wie der Ihren geschrieben ist.«

Hanselmann schnappte entrüstet nach Luft. »Sie haben in meinen Unterlagen geschnüffelt!?«

»Was heißt hier geschnüffelt? Sie haben sie offen herumliegen lassen. Außerdem sind da ein paar Rechenfehler drin ...«

»Was? Das ist doch die Höhe ...«

»Plustern Sie sich nicht so auf«, sagte Bernadette. »Hab ich gesagt, dass Sie doof sind? Hab ich nicht. Rechenfehler macht jeder, besonders, wenn er so verzauselt ist wie Sie. Ich will Ihnen doch nur helfen. Woran liegt's denn, dass Sie so knapp bei Kasse sind?«

»Knapp bei Kasse?« Hanselmann lachte bitter. »Ich bin pleite, wenn Sie's genau wissen wollen.«

»Und was heißt das?«

»Dass ich den Laden hier wahrscheinlich bald zumachen muss. Wenn ich mein Lager an einen Kollegen verschleudere, kann ich gerade so meine Schulden abbezahlen. Wie es dann weitergeht, weiß ich auch nicht.«

»Sie können doch die Zeitmaschine nicht verkaufen, Herrgott noch mal! Sind Sie verrückt? Wer weiß, was jemand anderer damit anstellt!«

»Die Zeitmaschine«, seufzte Hanselmann, »würde ich vorher natürlich zerstören.«

»Das kann doch alles nicht sein. Sie haben hier doch Antiquitäten, die ein Vermögen wert sind.«

»Es hat mich vor allem ein Vermögen gekostet, sie zu erwerben.«

Bernadette setzte eine grimmige Miene auf. »Haben die Kinder eigentlich den ganzen Schokoladenkuchen gegessen?«, fragte sie.

»Was? Äh ... keine Ahnung ...«

»Egal. Sie setzen sich jetzt an Ihre Bücher. Ich geh los und besorg uns irgendwo neuen Kaffee. Wenn noch Schokokuchen da ist, essen Sie den jetzt. Das ist ein Befehl. Wenn keiner mehr da ist, lassen wir uns eine Pizza kommen. Und dann schauen wir uns Ihre Bücher an und finden einen Weg, wie Sie aus dem Schlamassel rauskommen.«

»Aber ich ...«

»Ja, Sie haben schon alles dreimal durchdacht. Macht nichts. Sie haben bestimmt einen Haufen Lösungsansätze übersehen. Die werde ich aber nicht übersehen, und dann machen wir Ihren Laden wieder flott. Oder wollen Sie, dass das hier eine Geisterhalle wird? Ja, was stehen Sie denn da noch rum? Hopp, hopp, schwingen Sie die Keulen!«

Hanselmann starrte Bernadette fassungslos an. »Ich ...«, begann er unsicher.

»Ja?«, fragte Bernadette mit gespielt drohender Stimme.

»... mach mich sofort an die Arbeit«, sagte Hanselmann und ließ ergeben die Schultern sinken.

»Na also. Geht doch.«

9

Lena war nicht verletzt und auch nicht bewusstlos. Sie war nur vor Schreck wie gelähmt. Als sie bei ihr ankamen, hatte sie sich wieder so weit im Griff, dass sie auf allen vieren von der Reling wegkrabbeln konnte.

»Monsterkrass«, stammelte sie dabei. »Ich hab's gesehen. Monster-monster-monsterkrass.«

»Was hast du gesehen, Lena?«, fragte Fynn, der sich von Lenas Hysterie angesteckt fühlte und darum kämpfte, keine Panik zu bekommen.

»Eine riesige ... eine riesige ...« Lena verhaspelte sich und starrte Fynn und Franzi an. Sie blinzelte und schien in sich hineinzuhorchen. »Ritz«, sagte sie dann mit ganz normaler Stimme. »Jetzt ist mir doch tatsächlich die Übelkeit vergangen.«

»Lena, was hast du gesehen!?«, rief Fynn und konnte sich gerade noch zurückhalten, Lena zu schütteln.

Cornelius sagte mit Grabesstimme: »Ich weiß, was sie gesehen hat.«

»Es war eine riesige ... ein riesiges ... Ding!«, platzte Lena heraus.

»Geht's etwas genauer?«, fragte Fynn.

»Genauer?«, quiekte Lena. »Hey Mann, ich bin froh, dass es mich nicht gefressen hat! Es muss direkt unterm Schiff gewesen sein! Es war ... irgendwie ... wie ein riesiger Arm, der unter dem

Schiff hervorgreift … Er hat geschimmert, und das Licht hat ein Muster draufgemalt … Und es war so dick!« Lena formte mit beiden Armen einen Ring, ohne dass ihre Hände sich berührten. »Monsterdick!«

»Du hast einen Tentakel des Riesenkalmars gesehen. Das Monster aus der Tiefsee.« Cornelius' Stimme zitterte. »Das Riesenvieh, das Pottwale erwürgt. Das womöglich die Mary Celeste angegriffen und die gesamte Besatzung in die Tiefe gezogen hat. Jetzt wissen wir, dass es existiert. Können wir nun bitte wieder nach Hause?«

»Wir wissen überhaupt nichts«, widersprach Fynn.

Lena flüsterte: »Wir sind auf der Mary Celeste, oder?«

»Ja«, erwiderte Franzi.

Lena ließ den Kopf hängen. »Warum hab ich mir das schon gedacht?« Sie fuhr sich mit einer zitternden Hand über die Haare, im vergeblichen Versuch, ihre Angst hinter dem Zahnarztspiegel zu verbergen, aber natürlich hatte sie ihn bei Hanselmann in der Gegenwart zurückgelassen. Ihre Schultern sanken noch weiter herab.

Fynn und Franzi sahen sich an. Ihnen beiden war klar, dass Lena und Cornelius drauf und dran waren, in Panik zu geraten. Franzi holte Luft, um irgendetwas Beruhigendes zu sagen. Doch da erhielt das Schiff einen Stoß von unten. Er war nicht sehr heftig. Es fühlte sich an, als sei etwas Riesiges, Weiches gegen den Kiel gestoßen. Ein seltsames Geräusch erklang, das die Planken zum Vibrieren brachte. Es war das Geräusch von etwas Gewaltigem, das am Rumpf entlangschabte, von etwas Rauem, etwas, das nachgiebig und zugleich fest war. Mit aufgerissenen Augen sahen sich die Kinder an. Das Geräusch wanderte vom Heck bis zum Bug, ganz langsam, während der Schiffsrumpf sich dabei von hinten nach vorne zuerst hob und dann senkte. Ein dumpfes, unregelmäßiges Klopfen erklang, als ob Dutzende riesige Finger suchend und tastend über den Rumpf wanderten. Das Schiff knarrte und stöhnte. Dann waren die grässlichen Geräusche plötzlich vorbei. Die Mary Celeste schaukelte ein wenig vor sich hin und kam wieder zur Ruhe.

»Was ...«, begann Lena.

»... war das?«, vollendete Franzi mit trockenem Mund.

»Er ist direkt unter uns«, flüsterte Cornelius. »Der Riesenkalmar ist unter dem Schiff. Und er hat Hunger ...«

Lena keuchte. Fynn sagte scharf: »Hör mit dem Unsinn auf, Cornelius!« Obwohl er nicht weniger erschrocken war als die anderen, wusste er, dass er keine Angst zeigen durfte. Er riss sich zusammen und ging zur Reling hinüber, um ins Wasser hinunterzublicken. Es waren nur ein paar Schritte, aber der Weg kam ihm sehr lang vor. Sein Herz klopfte wie verrückt. Er schaute über den Rand des Schiffs und erwartete, eine brodelnde Masse von Fangarmen zu sehen, die aus dem Wasser auf ihn zuschossen. Aber das Meer lag ganz ruhig und friedlich da, nur leicht aufgewühlt von der langsamen Fahrt des führerlosen Schiffs.

Dennoch war da etwas – vielleicht zweihundert Meter von der Mary Celeste entfernt. Fynn kniff die Augen zusammen. Er

musste gegen die Sonne und das Geglitzer des Sonnenlichts auf dem Wasser blicken und konnte nicht genau erkennen, was da auf dem Meer schwamm. Es hatte eine längliche Form, mehr sah er nicht. Er beschattete die Augen mit einer Hand. Etwas regte sich auf der Form. Fynn wurde klar, dass es sich um ein Boot handelte und dass jemand darin saß, der sich jetzt aufrichtete. Jemand von der Besatzung der Mary Celeste?

»Schiff ahoi!«, hörte er eine Stimme herüberrufen. »Fynn? Franzi? Cornelius? Die bewundernswerte Lena? Ihr müsst es sein, sonst wären wir auch nicht da! Haltet endlich den verdammten Kahn an, wir rudern uns hier noch Blasen!«

Fynn trat von der Reling zurück. Er wusste nicht, ob er vor Erleichterung grinsen oder doch lieber mit den Augen rollen sollte. Die Erleichterung überwog. Bevor er den Ruf beantworten konnte, stand jedoch schon Lena neben ihm und rief aufs Meer hinaus: »Mensch, einmal möchte ich erleben, dass Sie zur Stelle sind, wenn man Sie braucht, anstatt hinterher zu nerven!«

»Ah«, ertönte es aus der Richtung des Boots, »du hast mir auch gefehlt, liebste Lena!«

Lena streckte die Zunge heraus und wandte sich ab. Fynn sah, dass ihre Wangen plötzlich wieder Farbe hatten und dass sie schnell ein Lächeln unterdrückte. Er grinste noch breiter. Dann erinnerte er sich erst, was der Mann in dem Boot gerufen hatte.

»Herr Vidocq!«, rief er zurück. »Wir können das Schiff nicht anhalten. Sie müssen rudern. Wer ist da noch bei Ihnen?« Fynn war, als könnte er gegen das Glitzern des Sonnenlichts erkennen, dass sich noch ein zweiter Insasse in dem Boot befand. Er ahnte, welchen Namen er hören würde, und sein Herz sank. Doch Vidocq setzte sich wortlos wieder, und gleich darauf begann das Boot auf die Mary Celeste zuzuhalten. Zwei Ruderpaare tauchten ins Wasser ein und ließen es aufspritzen. Keiner der beiden Insassen schien große Erfahrung darin zu besitzen, ein Ruderboot voranzutreiben. Fynn hörte Flüche und *Hören Sie auf mit dem Gespritze!* und *Rudern Sie gefälligst im Takt!* und *Wie wär's, wenn Sie in die gleiche Richtung paddeln wie ich?* von zwei unterschiedlichen Stimmen über die Entfernung hinweg zu ihnen herüberschallen.

Er wandte sich ab und sah Lena, Franzi und Cornelius hinter sich stehen.

»Er ist noch gar nicht an Bord, und er nervt mich schon«,

brummte Lena und kämmte sich mit den Fingern das Haar, um es halbwegs in Form zu bringen.

»Lasst uns irgendein Tau oder eine Strickleiter suchen, die wir ihnen runterlassen können, wenn sie das Schiff erreicht haben«, seufzte Fynn.

»Sie?«, sagte Franzi gedehnt.

»Ich glaube, die Zeitmaschine hat Pierre Hanselmann wieder mit herbeigezaubert«, sagte Fynn. »Und er sitzt mit Vidocq in dem Boot.«

»Wenn er an Bord will, werfen wir ihn sofort ins Wasser!«, stieß Franzi ungewohnt kriegerisch hervor. Sie fand den verbrecherischen Erfinder, der sie bei ihrem letzten Abenteuer in der Vergangenheit hatte zurücklassen wollen, einfach nur widerlich.

»Vielleicht schaffen sie es eh nicht bis zu uns«, sagte Cornelius düster. »Vielleicht schnappt der Riesenkalmar sie vorher.«

Lena stürzte erschrocken zur Reling und schrie in Richtung Rettungsboot: »Beeilen Sie sich, Mann! Rudern Sie! Rudern Sie!«

10

Es dauerte eine Weile, bis das Ruderboot sie eingeholt hatte. Wäre der Wind etwas stärker gewesen, hätten die beiden Insassen keine Chance gehabt. So aber kamen sie endlich keuchend und schwitzend längsseits. Das Boot war größer, als es von Weitem gewirkt hatte, es besaß sogar einen Mast, um ein Segel zu setzen, aber der Mast war umgeklappt und lag festgezurrt über den Ruderbänken.

Während Vidocq das Tau ergriff, das Fynn ihm zuwarf, ließ sich sein Begleiter nur heftig atmend über den Riemen zusammensinken. Es war tatsächlich Pierre Hanselmann, und er war immer noch so gekleidet, wie sie ihn zuletzt bei ihrem Abenteuer auf dem verlorenen Kontinent Atlantis gesehen hatten – mit einem dünnen Chiton und Ledersandalen an den Füßen. Über die Schultern hatte er eine elegante Jacke mit verzierten Ärmelaufschlägen und breitem Kragen gehängt. Die Jacke gehörte offensichtlich Eugène Vidocq, denn der saß nur mit Hemd und Weste bekleidet im Boot. Anscheinend hatte er mit dem verbrecherischen Erfinder, der in dem dünnen Leibchen stark gefroren haben musste, Mitleid gehabt. Jetzt allerdings wand sich Hanselmann unter der Jacke hervor und holte tief Luft. Sein Gesicht war puterrot und verschwitzt von der anstrengenden Ruderei.

Vidocq machte das Tau an einem Ring am Bugsteven des Boots fest und warf die Riemen dann hinein. Er blickte zu Fynn und den anderen nach oben. Auch er war rot im Gesicht und schwitzte. Er und Hanselmann mussten gerudert sein wie die Verrückten, um die Mary Celeste zu erreichen.

»Hier ist 'ne Strickleiter«, sagte Fynn und warf deren eines Ende nach unten. Das andere hatte er an der Reling befestigt. »Kommen Sie rauf.«

»Aber ihn können Sie ruhig dort lassen, wo er ist«, knurrte Franzi und wies auf Hanselmann. Dieser musterte die Kinder verächtlich über die Schulter, war jedoch zu erschöpft, um etwas zu sagen. Fynn sah, dass dessen Handgelenke mit Stricken an die Riemen gefesselt waren. Vidocq folgte Fynns Blick und grinste.

»Vorsicht ist die Mutter der Sicherheit. Sagt man das bei euch auch so?«

»Porzellankiste«, brummte Cornelius.

»Äh?«, machte Vidocq ratlos.

»Vorsicht ist die Mutter der Porzellankiste«, zitierte Fynn etwas ausführlicher.

»Ihr müsstet euch mal alle beim Reden zuhören«, sagte Hanselmann gehässig. »Man möchte brechen.«

»Wir können Sie ja ins Wasser werfen, dann hören Sie nichts mehr«, versetzte Franzi. Fynn war erstaunt über die Wut seiner Zwillingsschwester. Aber sie hatte die Grobheit Hanselmanns beim letzten Abenteuer am meisten zu spüren bekommen, daher konnte er sie verstehen.

Vidocq kletterte an Bord und putzte sich dann imaginären Schmutz von der Weste. Er musterte die Kinder halb grinsend, halb überheblich. Am längsten blieb sein Blick an Lena hängen.

»Was ist?«, schnappte Lena. »Hab ich was Grünes im Gesicht?«

»Mir war so, als hättest du gerade gelächelt, bewundernswerte Lena.«

»Hören Sie auf mit dem ›bewundernswert‹! Und was heißt hier gelächelt? Bilden Sie sich bloß nichts ein!«

»Aber niemals!«, rief Vidocq und faltete theatralisch die Hände.

»Wieso haben Sie sich eigentlich so rausgeputzt? Sind ja direkt ritz, Ihre Klamotten!«

Vidocq seufzte. »Darauf wollte ich gerade zu sprechen kommen. Könntet ihr wohl eure Missionen ein bisschen verträglicher mit dem Kalender anderer Leute planen? Unsereiner hat schließlich auch ein Leben!«

»Es sind Ihre Missionen, nicht unsere«, meinte Fynn amüsiert. »Beschweren Sie sich bei sich selbst.«

»Ich muss wohl im Alter vergessen haben, wie viel ich als junger Mann zu tun hatte.«

»Was hatten Sie denn so Monsterritzmäßiges zu tun, bei dem wir sie gestört haben?«, fragte Lena.

Vidocq zuckte mit den Schultern. »Ich war auf einem Bankett, bewundernswerteste Lena, angetan mit meinen feinsten Kleidern, und küsste gerade einer schönen reichen Dame die Hand, als – PUFF! Das Nächste, das ich weiß, ist, dass ich in dem verdammten Ruderboot hockte und ein Platschen und ein Prusten hörte und jemanden, der voller Panik kreischte: ›Ich kann nicht schwimmen, ich kann nicht schwimmen ... ‹«

»Das Wasser war eiskalt!«, rief Hanselmann, der immer noch im Boot saß, beleidigt von unten herauf. »Ich kann sehr wohl schwimmen, aber nicht in Wasser, in dem ein Eisberg nicht schmelzen würde.«

»Oh, retten Sie mich, Vidocq, retten Sie mich, ich tue alles, was Sie verlangen …«, zitierte Vidocq genüsslich und mit übertrieben hoher Stimme.

Hanselmann brummte etwas Unverständliches, von dem Fynn annahm, dass es sich um eine Beschimpfung handelte. Lena meldete sich wieder zu Wort. Ihr Gesicht war finster.

»Sie haben einer schönen Dame die Hand geküsst …?«, wollte sie wissen.

»Weiter kam ich leider nicht.«

»Mann, Alter, Sie sind so was von …« Lena suchte nach einem Wort und fand keines. Voller Zorn wandte sie sich ab, stand noch einen Augenblick mit geballten Fäusten da und stapfte dann mit hochgezogenen Schultern in Richtung Kajüte. Kurz bevor sie sie erreichte, wandte sie sich um und rief: »… so was von monsterdoof!« Die Kajütentür knallte, als sie sie hinter sich zuwarf.

Fynn, Franzi und Cornelius schwiegen verlegen. Vidocq seufzte erneut. »Ich war nur auf dem Bankett, um ein paar reiche Säcke zu beklauen«, sagte er. Er zupfte an seiner Weste. »Die Klamotten hab ich mir für teures Geld geliehen, damit man mich überhaupt reinlässt. Macht mich also bloß nicht schmutzig!«

»Lena ist ein bisschen …«, sagte Fynn und wusste nicht, was er sagen sollte.

»… bewundernswert«, unterbrach Franzi. Sie trat Fynn gegen das Bein. »Sie müssen sie wirklich nicht dauernd ärgern, Herr Vidocq.«

»Wollt ihr mich die ganze Zeit im Boot sitzen lassen, ihr Schwätzer?«, rief Hanselmann von unten herauf. »Es ist verdammt kalt!«

Vidocq und die drei Freunde traten an die Reling. Hanselmann schaute zu ihnen herauf. Er breitete die an die Riemen gefesselten Arme vorwurfsvoll aus. »Das gehört sich nicht, einen Mann bei dieser Kälte in seinen nassen Klamotten in einem Boot sitzen zu lassen.«

»Lassen wir ihn aufs Schiff?«, fragte Fynn und richtete die Frage an seine Schwester. Franzi holte tief Luft.

»Wenn er in dem Boot bleibt, holt er sich den Tod«, gab Cornelius zu bedenken. »Oder ’ne üble Mandelentzündung.«

»Wir können ihn ja an den Mast binden«, schlug Vidocq vor.

»Haha«, machte Hanselmann säuerlich.

»Mit dem Kopf nach unten«, ergänzte Vidocq.

»Lassen wir ihn an Bord«, entschied Franzi. »Aber ich will zuerst sein Versprechen, dass er nichts gegen uns unternimmt.«

»Ein Versprechen von diesem Schurken?«, rief Fynn. »Was ist das wohl wert?«

»Ich verspreche bei meiner Erfinderehre, dass ich mit euch zusammenarbeiten werde«, sagte Hanselmann feierlich. Mittlerweile klapperten seine Zähne. »Wenn ich mein Versprechen breche, soll ich nie wieder etwas erfinden können.«

»Immerhin hat er die Zeitmaschine erfunden«, warf Cornelius ein. »Ich denke, es ist ihm ernst.«

»Wenn Sie Ihr Versprechen brechen«, rief Franzi grimmig zu Hanselmann hinunter, »werden Sie schon deshalb nie mehr was erfinden, weil wir Sie dann über Bord werfen und nicht wieder reinholen.«

»Kreuz aus Holz, Kreuz aus Eisen, wenn ich lüge, soll ich zur Hölle reisen«, sagte Hanselmann.

»Was?«

»Ich glaube, er meint so was Ähnliches wie: Der Blitz soll mich treffen, wenn ich gelogen habe«, erklärte Cornelius.

»Na gut, holen wir ihn rauf«, beschloss Franzi.

Vidocq stieg wieder ins Boot hinunter, löste Hanselmanns Fesseln und half dem wieder halb steif gefrorenen Erfinder die Strickleiter hinauf. Hanselmann stand bibbernd an Deck und sah sich um. »Wieso sind wir ausgerechnet auf diesem Kahn herausgekommen?«, fragte er.

»Weil Ihre Zeitmaschine Mist ist«, versetzte Franzi.

Vidocq grinste plötzlich. »Und ich dachte, ich hätte es schwer mit der Freundlichkeit Lenas. Sie haben sich den Zorn der schönen Franziska zugezogen, Hanselmann, und da sind Sie viel ärmer dran als ich. Franzi reißt ihnen den Kopf ab und spielt damit Ball, wenn Sie nicht spuren.«

»Darauf können Sie wetten«, sagte Franzi und funkelte Hanselmann an.

Dieser sagte: »Da dein Zorn zwar heiß ist, mich aber trotzdem nicht wärmt – hat irgendjemand zufällig etwas Besseres zum Anziehen anstelle dieses Kittels und Vidocqs Angeberjacke?«

»Geben Sie die Jacke her, wenn Sie Ihnen nicht gefällt«, erwiderte Vidocq. Hanselmann zog die Jacke zur Antwort nur noch enger um seine Schultern zusammen und schaute Vidocq vorwurfsvoll an.

»Es muss hier irgendwo Mannschaftskabinen geben«, meinte Fynn. »Vielleicht haben die Seeleute Kleidung zurückgelassen.«

»Gut«, befand Vidocq. »Fynn, Cornelius – ihr geht mit Hanselmann nach unten und helft ihm suchen. Lasst ihn nicht aus den Augen! Hanselmann, wenn Sie die Kinder auch nur schief anschauen, bekommen Sie es mit mir zu tun, verstanden?«

»Wie viele Versprechen muss ich denn noch geben?«, beklagte sich der Erfinder.

»Was tun Sie und Franzi?«, fragte Fynn.

»Wir holen das Boot rein«, erklärte Vidocq. »Man kann nie genug Rettungsboote auf einem Schiff haben.«

»Besonders wenn das Schiff selbst keines hat«, sagte Cornelius.

Vidocq musterte das neben der Schiffswand schwimmende Boot und dann das Deck der Mary Celeste. Seine Augen wurden schmal. »Interessant …«, brummte er.

Dann wies er auf zwei hölzerne Vorrichtungen, die wie kleine Galgen aussahen und in der Nähe des Bugs über die Bordwand ragten. Taue liefen an ihren oberen Enden durch Umlenkrollen und baumelten über dem Wasser. »Das nennt man Davits«, sagte er. »Daran hing das Rettungsboot, das zu diesem Kahn gehört. Die verwenden wir jetzt auch.«

Franzi nickte. »Ich hole Lena. Wenn sie uns hilft, geht es leichter.«

»Und ich steige wieder ins Boot hinunter und helfe von dort. Dann bin ich wenigstens außer Reichweite, wenn Lena mich treten will.« Vidocq grinste. Als er schon ein Bein über die Bordwand geschwungen hatte, hielt Franzi ihn auf.

»Sie haben sich irgendwie verändert«, sagte sie. »Wie viele Leute hatten sie denn schon beklaut, bevor die Zeitmaschine Sie von dem Bankett wegholte?«

»Noch keinen«, gab Vidocq zu. »Das war eine Wohltätigkeitsveranstaltung. Die Eingeladenen mussten zugleich eine dicke Spende an die Pariser Armenhäuser geben. Ich hatte plötzlich Skrupel, sie zu bestehlen.«

»Sie haben sich verändert«, befand Franzi.

»Ich hatte allerdings vor, ihnen ein paar gefälschte Edelsteine zu verkaufen«, fuhr Vidocq fort. »Solange sie die Klunker nicht zu einem Juwelier tragen und rausfinden, dass sie nur aus Glas sind, haben sie ihre Freude dran.«

»Sie haben sich nicht sehr verändert«, seufzte Franzi. »Ich hole jetzt Lena.«

11

Gemeinsam machten sie das Boot fest und hievten es dann mithilfe der Umlenkrollen nach oben. Es war eine anstrengende Arbeit, und Franzi bemerkte etwas verärgert, dass Vidocq, nachdem er wieder aus dem Boot an Deck geklettert war, die beiden Mädchen allein schuften ließ. Das Boot hob sich nur sehr langsam in die Höhe.

Als seine Flanke über der Reling der Mary Celeste sichtbar wurde, schluckte Franzi. Der Name des Boots war auf den Bug gepinselt. Es hatte keinen eigenen Namen, sondern trug den des Schiffs, zu dem es gehörte. Franzi hatte es sich schon fast gedacht. Mary Celeste 1 war auf dem Bug zu lesen. Es war das fehlende Rettungsboot des Geisterschiffs.

Aber Franzi hatte nicht nur wegen des Namens geschluckt, sondern wegen des Zustands des Boots. Als Vidocq und Hanselmann damit angekommen waren, hatte keiner darauf geachtet, wie das Boot aussah. Jetzt aber, als es an beiden Davits baumelte …

Franzi spürte, wie Lena beim Hochziehen stockte. Sie pfiff durch die Zähne. »Monsterkrass«, murmelte sie.

Der Rumpf des Rettungsboots war zerkratzt. An mehreren Stellen war die Farbe in kreisrunden Flecken von der Größe von Suppentellern abgefräst. Vom Bootsrand fehlten Stücke. Am Bug war das Holz an vier Stellen aufgebrochen, als ob etwas, das dort befestigt gewesen war, mit aller Gewalt herausgerissen

worden war. Das Boot sah aus, als habe es den Angriff eines Haifisch-Schwarms überstanden. Aber Franzi und Lena ahnten, dass die Schäden von einem ganz anderen, viel gefährlicheren Wesen stammten.

Vidocq trat näher und musterte die Schäden ebenfalls. Er schüttelte verwundert den Kopf.

»Haben Sie das noch gar nicht gesehen?«, fragte Franzi.

»Nein. Ich war zuerst damit beschäftigt, mich zurechtzufinden, dann musste ich Hanselmann aus dem Wasser ziehen, und dann haben wir uns bemüht, euch einzuholen.«

Vidocq packte jetzt doch mit an und half den Mädchen, das Boot an den Davits zu befestigen. Aber selbst zu dritt schafften sie es nicht, es komplett über die Reling zu hieven. »Dann befestigen wir es eben so«, beschloss Vidocq. »Das Boot war voller Wasser. Hanselmann und ich haben versucht, es rauszuschöpfen, aber da ist noch so einiges drin. Das macht es so schwer. Worum geht es diesmal überhaupt? Wieso sind wir alle auf einem Schiff ohne Besatzung? Wo sind die Seeleute hingekommen?«

»Wir erklären Ihnen alles, wenn die anderen wieder zurück sind.«

»Ich weiß gar nicht, ob ich für das«, Vidocq wies auf die Schäden an dem Beiboot, »eine Erklärung haben möchte.« Ein Seitenblick traf Lena, den diese sehr kühl zurückgab. »Was hast du gerufen, als wir uns dem Schiff näherten? Ich hab es nicht richtig verstanden.«

»Ich hab gerufen, dass Sie nicht irgendwelchen Damen die Hände abknutschen sollen!«

Vidocq verdrehte die Augen. Lena holte Luft. Franzi unterbrach sie. »Wir haben etwas gesehen, vor dem Lena Sie warnen wollte.«

»Das Biest hätte ihn sowieso wieder ausgespuckt – ihn und Hanselmann«, stieß Lena hervor.

In dem Moment kamen Fynn, Cornelius und Hanselmann wieder an Deck. Alle drei wirkten ernst und beunruhigt, sogar der schurkische Erfinder. Er hatte einen dicken Mantel übergezogen und schien immer noch zu frieren – kein Wunder, denn der Mantel war nass. »Kommt mit unter Deck«, sagte Fynn. »Das solltet ihr euch ansehen.«

12

Die Mary Celeste besaß zwei Decks, das oberste, Hauptdeck genannt, auf dem man im Freien stand, und ein zweites darunter, das Unterdeck hieß. Dort befand sich unter anderem der Frachtraum, in dem die Zeitmaschine gelandet war. Darunter gab es nur noch den niedrigen Raum zwischen dem Unterdeck und dem Kiel, in dem sich der Ballast des Schiffs befand.

Auf dem Unterdeck waren auch die Kabinen der Besatzung. Zwei etwas geräumigere Einzelkajüten direkt unter dem Deckshaus schienen die des Kapitäns und des Ersten Offiziers gewesen zu sein. Ein dritter Raum mit einem großen Tisch in der Mitte war wohl der Speiseraum, der auf einem Schiff »Messe« genannt wird. Daran schloss die Schiffsküche an, die »Kombüse«. Weitere zwei Kabinen mit je vier Stockbetten darin waren vorn beim Bug eingebaut.

Überall dort, wo es nicht in die Bilge des Schiffs hatte ablaufen können, stand das Wasser und schwappte durch die Bewegungen des Schiffs langsam hin und her. Die Betten waren gemacht, aber durchnässt. In der Kabine des Kapitäns lagen Kleidungsstücke, Glas und Teile eines zerbrochenen Bilderrahmens, eine Puppe und ein dickes, ledergebundenes Buch. »Das Logbuch«, sagte Vidocq und schlug es eilig auf. Er las die letzte Eintragung. »Die ist vom 25. November 1872; keine besonderen Vorkommnisse. Welches Datum haben wir heute?«

Die Freunde zuckten mit den Schultern. »Irgendwann vor dem 13. Dezember 1872.«

Vidocq legte das Logbuch zurück. Lena, die mit dem Fuß an etwas gestoßen war, das sich unter dem Bett des Kapitäns befand, bückte sich und zog es heraus. Es war ein Säbel in seiner Schwertscheide. Lena zog ihn ein Stück heraus. Auf der Klinge waren Rostflecken und etwas anderes, Dunkles, Klebriges. Angeekelt legte sie die Waffe weg.

In der Kombüse lagen die Küchenutensilien überall verstreut herum. Der kleine Ofen war aus seiner Verankerung gerissen worden und umgekippt. Am auffälligsten war jedoch das Bullauge.

»Deshalb haben wir euch geholt«, sagte Fynn und deutete auf das Bullauge.

Es bestand aus einem Metallring mit einem Scharnier, in dem das Glas eingelassen war. Das Scharnier verband das Bullauge mit einem Rahmen, der ebenfalls aus Metall und in der Bordwand eingelassen war. Das Bullauge selbst maß vielleicht vierzig Zentimeter im Durchmesser, eher weniger.

Das Glas war komplett herausgestoßen worden. Die Glassplitter lagen und schwammen in der Kombüse herum. Der Metallring war verbogen und hing halb herausgerissen in seinem Scharnier. Der Rahmen war nach innen gewölbt, als hätte etwas von außen dagegengedrückt.

»Das war keine Welle«, sagte Vidocq. »Irgendwas wollte herein. Irgendwas, das eine Menge Kraft hat. Vielleicht erklärt mir mal endlich einer von euch, worum es diesmal geht?«

13

Bernadette hatte den Kaffee besorgt und saß nun neben Edgar Hanselmann auf einem Stuhl aus dem 18. Jahrhundert. Sie schaute ihm über die Schulter dabei zu, wie er die Gewinn-und-Verlust-Rechnung seines Geschäfts auf den neuesten Stand brachte. Auf den korrekten Stand.

»Da«, sagte Bernadette und deutete auf einen gefalteten Rechnungsbeleg. »Sehen Sie? Die haben falsch zusammengerechnet. Der Rechnungsbetrag müsste um fünfzig Euro höher sein.«

Hanselmann blickte sie zweifelnd an und zog dann einen altertümlichen, verstaubten Taschenrechner zu sich heran. Bernadette tippte sich selbstbewusst an die Stirn. »Was ist los? Kopfrechnen sechs, oder was?«

Hanselmann hackte verbissen mit dem Zeigefinger auf die Tasten ein. Bernadette hatte recht gehabt.

»Sehen Sie!«, rief sie triumphierend. »Da haben Sie aber Glück gehabt, dass die Typen, die Ihnen die Rechnung gestellt haben, Mathe-Schwachköpfe sind. Fünfzig Euro gespart.«

Hanselmann faltete die Rechnung schweigend auseinander. Der Briefkopf wurde sichtbar:

Edgar Hanselmann Antiquitäten

Hohenzollernstr. 42 c/Rückgebäude

80801 München

Es war keine Rechnung, die Hanselmann bekommen und bezahlt, sondern die Kopie von einer, die er selbst gestellt hatte.

»Oh«, sagte Bernadette.

»Wie war das mit den Mathe-Schwachköpfen?«, fragte Hanselmann.

Bernadette fing sich rasch. »Dann sind eben Sie der Mathe-Schwachkopf. Sie haben fünfzig Euro verschenkt! Ich hoffe, das ist Ihnen nicht öfter passiert!«

»Selbst wenn, handelt es sich nicht um Beträge, die mich vor der Pleite retten würden«, sagte Hanselmann resigniert.

»Wann ist die bezahlt worden?«

»Wie meinen Sie das?«

»Na, wann hat Ihr Kunde das Geld überwiesen? Wann hatten Sie die Kohle auf Ihrem Konto?«

»Das weiß ich nicht ...«, sagte Hanselmann zögerlich.

»Ja, überprüfen Sie denn nie, ob Ihre Kunden rechtzeitig zahlen? Na los, werfen Sie Ihr Online-Banking an.«

»Online-Banking?« Hanselmann wies auf einen unordentlichen Packen einzelner Blätter. »Hab ich nicht. Ich gehe einmal im Monat zur Bank und drucke mir die Kontoauszüge aus.«

»Mannomann«, stöhnte Bernadette. »Vidocq sollte Sie in die Vergangenheit schicken und nicht die Kinder. Sie gehören offensichtlich in die Steinzeit. Passen Sie mal auf, mein Lieber – jetzt erhalten Sie Bernadette Jaeckels bewährten Crash-Kurs zum Thema Alltagsleben im 21. Jahrhundert!«

14

Als die vier Freunde dem jungen Vidocq und Hanselmann alles erzählt hatten, schwiegen die beiden Männer erst mal eine Weile. Hanselmann ergriff als Erster das Wort.

»Es gibt keine Riesenkalmare«, sagte er dann. »Das ist Seemannsgarn.«

»Woher wollen Sie das so genau wissen?«, fragte Franzi.

»Ich bin schließlich Wissenschaftler.«

»Pah! Sie sind ein Schurke!«

»Das eine schließt das andere ja nicht aus«, meinte Hanselmann und zog beleidigt seinen nassen Mantel zurecht.

»Lena hat das Ding gesehen. Und wir haben es alle gehört«, sagte Fynn.

»Was habt ihr gehört?«, fragte Vidocq.

Sie schilderten das grässliche Geräusch und wie sich die Mary Celeste von hinten nach vorn gehoben hatte, als würde sie von einem riesigen Körper hochgehoben, der unter ihr hindurchschwamm.

»Das war ein Wal«, erklärte Hanselmann.

»Das war nie und nimmer ein Wal!«, rief Cornelius. »Warum sollte ein Wal ein Schiff angreifen?«

»Das tun sie häufig«, erwiderte Hanselmann. »Wo lebst du denn? Hinterm Mond?«

»Nein«, knurrte Cornelius, »ich lebe im 21. Jahrhundert, und da weiß jedes Kind, dass Wale keine Schiffe angreifen. Im Gegenteil, die Wale müssen die Schiffe fürchten.«

»Aber dass ein Riesenkalmar ein Schiff angreifen würde, glaubst du schon?«, fragte Vidocq.

Darauf wusste Cornelius keine Antwort, denn er konnte es nicht mit Bestimmtheit sagen. »Äh …«, machte er.

Hanselmann breitete die Arme aus. »Wir brauchen nur abzuwarten. Irgendwann kommt der Wal an die Oberfläche – wenigstens so weit, dass er Luft holen kann. Dann werden wir eine große Wasserfontäne sehen und vielleicht auch eine Schwanzflosse, die sich über der Oberfläche erhebt, wenn er wieder abtaucht.«

»Und wenn wir stattdessen einen Haufen Tentakel sehen, die die Mary Celeste umschlingen?«, fragte Franzi.

»Werden wir nicht«, sagte Hanselmann selbstsicher.

»Habe ich das recht verstanden?«, fragte Vidocq. »Wenn wir herausfinden, dass das geheimnisvolle Ungeheuer in Wirklichkeit ein Wal ist, dann können wir alle wieder dorthin zurück, wo wir hingehören?«

Während Cornelius, Fynn und Lena nickten, musterte Franzi den schurkischen Erfinder scharf. Über dessen Züge glitt ein Schatten, als Vidocq seine Frage stellte. Dann bemerkte er, dass Franzi ihn beobachtete. Sein Gesicht wurde undurchdringlich. Fynn, der mit seinem Zwillingssinn erspürte, was Franzi bewegte, wandte sich Hanselmann zu. »Wenn wir uns hier auf Sie verlassen können, werden wir versuchen, Sie mitzunehmen. Die Zeitmaschine setzt Vidocq auch immer dort ab, wo er hingehört. Vielleicht klappt das mit Ihnen auch.«

»Vielen Dank«, sagte Hanselmann sarkastisch, »dass du mir

anbietest, dorthin zu reisen, wo die ältere Ausgabe von ihm«, er wies auf den jungen Vidocq, »mich ständig erpresst.«

»Unser Uropa erpresst niemanden, er hat bloß darauf geachtet, dass Sie keinen Unfug anrichten.«

Hanselmann winkte ab. Seine Miene war jetzt verdrossen.

»Wir halten alle miteinander Ausschau nach einem Spaut«, beschloss Vidocq. »Wenn wir einen sehen, ist die Aufgabe gelöst.«

»Was ist ein Spaut?«, fragte Cornelius.

»So nennt man die Fontäne, die Wale ausstoßen, wenn sie auftauchen, um Luft zu holen«, erklärte Vidocq.

»Das wusste ich nicht«, erwiderte Cornelius und klang beeindruckt.

Vidocq sagte: »Hanselmann übernimmt den Ausguck im Bug, Lena und ich halten mittschiffs nach Backbord und Steuerbord Ausschau, und Fynn und Franzi sichern den heckwärtigen Ausblick.«

»Und ich?«, fragte Cornelius.

Vidocq deutete den Hauptmast hoch. »Du guckst von da oben in alle Himmelsrichtungen.«

»Das können Sie vergessen!«, rief Cornelius entrüstet. »Da klettere ich nicht rauf. Da gibt's ja nicht mal ein Krähennest, in das man sich stellen kann.«

»Jetzt hab dich nicht so. Zeig uns mal, was du kannst.«

»Cornelius braucht niemandem zu beweisen, was er kann!«, sagte Fynn aufgebracht. »Im Gegensatz zu Ihnen redet er nicht nur klug daher, sondern hilft immer mit. Keiner muss vom Mast

Ausschau halten. Wenn es sich wirklich um einen Wal handelt, der um das Schiff herumschwimmt, werden wir den Spaut auch vom Hauptdeck aus sehen. Der schießt ja ein paar Meter hoch in die Luft.«

»Dann soll Cornelius sich meinetwegen selbst aussuchen, wo er ausgucken will«, lenkte Vidocq ein, aber seine Miene machte deutlich, dass Cornelius in seiner Achtung gesunken war.

»Nein, Cornelius macht mit Franzi zusammen den Ausguck. Ich helfe Herrn Hanselmann vorne im Bug.«

»Du willst mir doch nur auf die Finger schauen, Junge«, sagte Hanselmann säuerlich.

»Und was tun wir, wenn wir gar nichts entdecken?«, fragte Franzi.

»Dann sehen wir zu, dass wir das Schiff unter Kontrolle bringen, und versuchen, es auf die nächste Küste zuzusteuern.«

Franzi sah zu Fynn hinüber. Der nickte. Sie verteilten sich so, wie Vidocq es vorgeschlagen hatte.

»Glaubst du, wir können Hanselmann wirklich vertrauen?«, wandte sich Cornelius an Franzi, kaum dass sie ihren Posten bezogen hatten.

»Keine Ahnung. Ich weiß ja nicht mal, ob wir Vidocq wirklich trauen können.«

»Oh Mann, es wäre alles wesentlich einfacher, wenn uns die Zeitmaschine auf Gibraltar abgesetzt hätte und wir nur die Matrosen der Dei Gratia befragen müssten, statt selbst auf dem Geisterschiff festzusitzen.«

»Ach, das wäre doch langweilig«, sagte Franzi grinsend. »Wenn's einfach wäre, bräuchte Opa Vidocq nicht uns – dann könnte das jeder.«

Cornelius schnaubte, aber er stand auf einmal etwas straffer und aufrechter da. Franzi seufzte in sich hinein. Fynn und sie mussten ihre Freunde ständig beruhigen, Streit schlichten oder sie aufmuntern. Das war manchmal ganz schön anstrengend. Franzi dachte, dass sie selbst auch mal eine Aufmunterung brauchen könnte. Sie drehte sich um und spähte über die Länge des Schiffs hinweg zu Fynn, der sich im selben Moment umdrehte und ihr zuwinkte. Franzi lächelte. Sie war ungerecht gewesen. Sie hatte die beste Aufmunterung, die es gab – einen Zwillingsbruder, der spüren konnte, wie sie fühlte, und der immer da war, wenn sie es brauchte. Sie winkte zurück.

»Warum haben Sie's denn so eilig, diese Mission wieder zu beenden?«, fragte Lena, ohne sich zu Vidocq umzuwenden. Sie blickte auf der linken, der Backbordseite des Schiffs, aufs Meer hinaus, und versuchte nicht daran zu denken, dass das Ungeheuer womöglich direkt unter dem Schiff war und jeden Moment seine Fangarme aus dem Wasser schießen konnten.

»Ich will wieder zurück zu dem Bankett«, antwortete Vidocq fröhlich.

»Pah!«, stieß Lena wütend hervor. »Das hätte ich mir denken können. Sie sind einfach nur doof.«

»Wenn du in meiner Zeit leben würdest, bewundernswerte Lena, hätte ich dich als Begleitung mit dorthin genommen.«

»Ach?« Lenas Miene hellte sich auf. »Ehrlich? Ist ja ritz. Hätten Sie mit mir getanzt?«

»Was? Aber nein! Ich glaube, du wärst eine hervorragende Taschendiebin, wenn es drauf ankäme.«

Zorn und Enttäuschung schossen schneller in Lena hoch, als sie sich beherrschen konnte. »Mensch, Alter!«, schrie sie. »Doof ist gar kein Ausdruck. Monsterdoof!« Sie brach zu ihrer eigenen Bestürzung in Tränen aus.

»Was habe ich denn jetzt wieder falsch gemacht?«

»Lassen Sie mich einfach in Ruhe!«

Lena merkte, dass ihre Freunde und sogar Pierre Hanselmann zu ihr herschauten. Sie wischte sich mit dem Ärmel über das Gesicht und starrte aufs Meer hinaus, obwohl sie nur verschwommen sah.

Hanselmann beugte sich zu Fynn und fragte: »Was ist denn mit ihr los?«

»Nichts«, gab Fynn zurück. »Sie beobachten diesen Bereich, und ich beobachte den hier.«

»Entschuldigung, dass ich gefragt habe.«

»Haben Sie schon was gesehen?« Fynn wusste selbst nicht, warum er so unfreundlich zu Hanselmann war. Das war sonst gar nicht seine Art. Aber im Grunde teilte er das tiefe Misstrauen seiner Schwester gegenüber dem Erfinder. Außerdem war ihm klar, was mit Lena los war, er fand jedoch, dass es Hanselmann nichts anging.

Hanselmann verzog das Gesicht und wandte sich ab, um wieder das Meer zu beobachten. Und so schlingerte die Mary Celeste auf dem Kurs dahin, den der Wind ihr befahl, und zwischen zwei Dritteln ihrer jetzigen Besatzung herrschte mürrisches, eisiges Schweigen.

15

»Wo bekommen Sie eigentlich Ihre Ware her?«, fragte Bernadette, nachdem sie Hanselmann eine Weile schweigend beim Durchblättern seiner Kontoauszüge und Abhaken bezahlter Rechnungen zugesehen hatte. Anscheinend hatten seine Kunden bis jetzt alle pünktlich bezahlt. Sie war sich allerdings nicht sicher, ob es auch immer der korrekte Betrag gewesen war.

»Auktionen, Wohnungsauflösungen, Hausräumungen, andere Händler, Sammler, pleitegegangene Geschäfte ...«, antwortete Hanselmann zerstreut.

»Wissen Sie, was ich nicht verstehe? Wieso jemand, der eine Zeitmaschine besitzt, den Plunder aus vergangenen Tagen heute teuer einkauft?«

Hanselmann blickte zu Bernadette auf. Seine Kinnlade klappte herunter. »Wie meinen Sie das?«, japste er.

»Wie meine ich das wohl? Zeitmaschine nehmen – in die Vergangenheit reisen – Möbel einpacken – mit in die Gegenwart nehmen – teuer verkaufen.«

»Die Zeitmaschine ist kein Lastwagen, mit dem man Gegenstände durch die Zeit schickt!«

»Warum nicht? Wenn sie die Kinder transportiert, transportiert sie Sie doch sicher auch.«

»Ich soll in die Zeitmaschine steigen?«

»Also wenn ich Sie wäre«, sagte Bernadette vergnügt, »hätte ich das schon lange getan.«

»Die Zeitmaschine braucht jemanden, der in der Gegenwart bleibt und darauf achtet, dass alles gut geht. Sonst wäre es zu riskant ...«

»Papperlapapp. Wir sitzen doch auch hier, anstatt auf das Gerät zu starren. Außerdem haben Sie ja mich. Ich zieh schon an dem Hebel, wenn's sein muss.«

»Ich steig nicht in das Ding. Nie im Leben.«

»Sie haben Angst«, sagte Bernadette erstaunt.

»Hab ich nicht. Würden Sie denn in die Maschine steigen wollen?«

Bernadette ging nicht darauf ein. »Hatten Sie denn nie auch nur das geringste Fitzelchen Versuchung, mit der Zeitmaschine irgendwohin zu reisen?«

Hanselmann seufzte. Dann legte er seinen Bleistift beiseite und sah Bernadette lange und nachdenklich an.

16

Lena bemerkte das Phänomen als Erste. Wahrscheinlich, weil sie vor Wut auf Vidocq unentwegt aufs Wasser hinausstarrte. Seit ihrer Unterhaltung tat sie so, als sei er Luft.

An einer Stelle weit hinter dem Schiff brodelte plötzlich das Wasser. Es sah aus, als würde es kochen. In Lenas Vorstellung kamen bereits schwarze, schleimige Tentakel aus dem Meer herausgeschossen, nicht nur acht oder zehn, sondern Dutzende. Einen Moment lang war sie sicher, die Fangarme tatsächlich gesehen zu haben. Oder doch nicht? Aber es war ohnehin zu spät, weil sie schon Luft geholt hatte und laut schrie: »Da! Da ist das Vieh!«

Sie ließ die brodelnde Stelle nicht aus den Augen. Hinter sich hörte sie die anderen angerannt kommen. Vidocq stand auf einmal neben ihr an der Reling, aber sie wandte sich Fynn zu, der auf ihrer anderen Seite gegen die Schiffsbrüstung prallte. Er war über das nasse Deck geschlittert wie über eine Eisbahn.

»Mann, was ist das?«, hörte sie ihn keuchen.

»Der Riesenkalmar!«, rief Cornelius.

»Ich will verdammt sein«, brummte Hanselmann.

»Wären Sie mal vorhin nicht so vorlaut gewesen«, sagte Franzi.

Sie tasteten sich an der Reling entlang zum Heck des Schiffs, um eine bessere Sicht zu haben. Lena dachte bei sich, dass sie dadurch dem Ungeheuer quasi in die Arme liefen, und konnte den Gedanken nicht mehr abschütteln.

»Was tut das Biest da draußen?«, fragte Fynn und beschattete die Augen mit seiner Hand. »Kämpft es?«

»Egal, solange es nicht auf das Schiff zuschwimmt«, befand Lena.

»Aber es kommt auf das Schiff zu«, sagte Cornelius.

Er hatte recht. Der aufgewühlte Fleck Wasser, der mindestens so groß sein musste wie ein halber Fußballplatz, kam näher. Lena wich von der Reling zurück und sah aus dem Augenwinkel, dass Cornelius dasselbe tat. Im nächsten Moment trat auch Hanselmann ein paar Schritte rückwärts, das Gesicht bleich und die Augen riesengroß.

»Was machen wir jetzt?«, fragte Franzi und versuchte, die Panik aus ihrer Stimme zu verdrängen.

Fynn sah sich um. »Keine Ahnung. Wenn das Tier so groß ist wie das Wasser, das es aufwühlt, dann kann es sich das Schiff unter die Achsel klemmen!«

»Davon hat es ja einen ganzen Haufen«, hörte Lena sich sagen. »Leute, jetzt macht doch mal was!«

»Es kommt immer näher!«, rief Cornelius. Auch er sah sich suchend um. »Wir müssen hier weg.«

»Oh, monsterkrass!«, stöhnte Lena. Sie war sich sicher, in der sprudelnden Wasseroberfläche dunkle, sich windende, tastende Schatten zu sehen, die nur darauf warteten, das Schiff zu umfangen und in die Tiefe zu zerren. »Monster-monster-monsterkrass!«

»Ich bin erstaunt«, sagte Vidocq gelassen, »wie leicht du aus der Fassung zu bringen bist, bewundernswerte Lena. In jeder Hinsicht.«

»Aus der Fassung?«, rief Lena, sofort wieder auf hundertachtzig. »Wenn Sie glauben, dass Sie mir blöd kommen können, dann werd ich Ihnen die Fassung verbiegen, bis Ihr doofes Grinsen zwei Meter neben Ihrem Gesicht in der Luft hängt!«

»Spar dir deine Kräfte für den Kampf mit dem Riesenkalmar«, sagte Vidocq. Er nickte aufs Meer hinaus. »Da, gleich haben wir es auf dem Hals, das grausige Untier …«

Cornelius, der gerade in angstvoller Faszination wieder zur Reling trat, zuckte erneut zurück, als ihm klar wurde, wie nah das Untier schon heran war. Franzi drehte sich blitzschnell um und schnappte: »Finger weg vom Rettungsboot!« Pierre Hanselmann, der sich weggeschlichen hatte und die Hände bereits nach den Tauen ausstreckte, mit denen das Boot an den Davits festgemacht war, fuhr erschrocken zusammen.

»… wenn es überhaupt der Kalmar ist, wie die bewundernswerte Lena behauptet …«, fuhr Vidocq fort.

Das Brodeln ließ Wasser aufspritzen und Schaum entstehen. Jetzt konnten die Kinder ganz deutlich sehen, dass sich darin etwas bewegte. Aber nichts Schwarzes. Lena sah etwas silbern blinken.

Vidocq beugte sich über die Reling. Das Brodeln hatte das Schiff nun erreicht. Franzi spürte, wie es einen Stoß erhielt, und konnte einen erschrockenen Ausruf nicht unterdrücken. Hanselmann fuhr herum und griff abermals nach den Tauen des Boots, Panik im Gesicht. Cornelius murmelte käsebleich: »Oh Mann, wir sind erledigt, wir sind erledigt ...« Fynn fasste nach Franzis Hand.

»... oder doch bloß ein Schwarm Thunfische«, seufzte Vidocq. »Schade, dass wir nichts haben, um die Kerle aus dem Wasser zu holen. Thunfischscheiben schmecken hervorragend in der Pfanne gebraten.«

Und wieder war Lena die Erste an der Reling. Sie beugte sich darüber und blickte blitzschnell hinunter. Das Schiff erhielt weitere Stöße, die dumpf durch den Schiffskörper hallten, ohne die Mary Celeste auch nur zum Schaukeln zu bringen.

Unter der aufgewühlten Wasseroberfläche erkannte Lena Hunderte von silbernen, mächtigen Körpern, die über- und untereinander glitten, tauchten, wimmelten, wuselten, alle wie die Verrückten in einer Richtung unterwegs. Direkt vor dem Rumpf der Mary Celeste tauchten sie, um unter ihrem Kiel hindurchzuschwimmen, aber manche waren zu schnell und das Gedränge zu groß, um ihnen Raum zu geben, sodass sie gegen den Schiffskörper stießen.

»Thunfische?«, hörte Lena die Stimme von Pierre Hanselmann, gefolgt von Franzis wütender Anweisung: »Lassen Sie gefälligst das Boot in Ruhe!«

»Thunfische?«, wiederholte Cornelius. »Wie die auf der Pizza mit Thunfisch und Zwiebeln?«

»Thunfische«, sagte Vidocq. »Kein Kalmar.« Er richtete sich auf und zwinkerte Lena zu, deren Wangen brannten. »Aber es lohnt sich immer, wachsam zu sein.«

»Sie ...«, begann Lena und wollte sagen: ... können mich mal! Aber sie schloss den Mund. Sie schämte sich für ihren vorschnellen Alarmruf, obwohl sie wusste, dass sie das Richtige getan hatte. Dennoch war es ein Fehlalarm gewesen. Ihr Herz pochte noch immer vor Schreck, und sie erinnerte sich an das Gefühl der hilflosen Panik, als ihr klar geworden war, dass irgendeine Kreatur womöglich die Mary Celeste versenken würde.

Sie spürte Fynns Hand auf ihrem Arm. »Gut, dass du das rechtzeitig gesehen hast«, sagte er. »Es hätte alles Mögliche sein können.«

»Ja, aber es waren Thunfische«, sagte Vidocq boshaft. »In einer *Tarte* schmecken die übrigens auch nicht schlecht.«

Lena wandte sich nur stumm ab. Nach kurzem Zögern nahmen sie alle wieder ihre Wachposten ein, während der Thunfischschwarm auf der anderen Seite des Schiffes wieder auftauchte und weiterzog.

Erst nachdem einige Minuten vergangen waren, erkannte Fynn, dass sie vor lauter Aufregung die wichtigste Frage nicht gestellt hatten: Was hatte die Tiere so aufgescheucht, dass sie in wilder Panik durch das Meer tobten?

17

Cornelius war der Nächste, der eine Beobachtung machte. Die Begegnung mit den Thunfischen war noch nicht allzu lange her.

Cornelius hatte Vidocqs Spott über Lenas blinden Alarm blöd gefunden und ärgerte sich jetzt, es nicht gesagt zu haben. Franzi, die normalerweise schnell dabei war, Lena gegen Vidocqs spöttische Bemerkungen in Schutz zu nehmen, hatte diesmal auch nicht reagiert, weil sie ihren Ärger auf Pierre Hanselmann konzentrierte. Cornelius hatte das Gefühl, kein guter Freund gewesen zu sein. Da er jedoch auf keinen Fall wieder einen Fehlalarm geben wollte, schwieg er zunächst, als er den Schatten bemerkte. Den Schatten, der plötzlich schräg hinter dem Heck der Mary Celeste das Wasser verdunkelte und der kein Schatten war, der von oben aufs Wasser fiel, sondern einer, der darunter lauerte. Er sah aus wie ein missglückter Spezialeffekt in einem Gruselfilm und nicht wie etwas Lebendiges, das sich dicht unter der Wasseroberfläche befand. Doch dann hob sich etwas aus dem Wasser heraus, ein flacher grauer Buckel, und tauchte wieder unter. Der Schatten schwamm mit dem Schiff mit, doch er war ein wenig schneller als die Mary Celeste und kam lautlos immer näher heran. Cornelius erkannte endlich, dass dies kein weiterer Schwarm irgendwelcher Fische war, und griff mit dem rechten Arm zu Franzi hinüber, ohne den Schatten aus den Augen zu lassen. Seine Finger krallten sich nervös in den Stoff ihres Matrosenhemds.

»Franzi!!«, hauchte er.

»Ich seh es auch«, hauchte Franzi zurück. Sie war ebenso wie Cornelius erschrocken und fasziniert zugleich.

Der Schatten glitt heran. Jetzt konnten die beiden sehen, dass er eine längliche Form hatte und eher wie ein in der Mitte dicklicher Torpedo aussah. Aber das konnte auch täuschen: Die Wasseroberfläche bestand aus unzähligen Wellen und reflektierte das Sonnenlicht, sodass man nicht genau erkennen konnte, was sich dem Schiff da näherte.

»Das ist riesig«, flüsterte Cornelius.

Franzi nickte. Obwohl der Schatten bestimmt noch dreißig oder vierzig Meter entfernt war, wirkte er jetzt schon größer als die Mary Celeste.

»Ist das ein Wal?«, wisperte Franzi.

»Keine Ahnung«, wisperte Cornelius zurück. Er konnte kein Auge von dem unheimlichen Wesen lassen.

Franzi drehte sich um. Sie wollte rufen, aber sie war zu aufgeregt. Sie wollte zu Fynn ans andere Ende des Schiffs laufen, doch sie stand wie angenagelt an ihrem Platz. Ihre Blicke bohrten sich in Fynns Rücken, der mit beiden Händen seine Augen beschattete und nach vorn Ausschau hielt.

Fynn wandte sich um. Er hatte die Blicke seiner Schwester gespürt. Seine Augen wurden groß, als er sah, dass Franzi und Cornelius wie angewurzelt am Heck standen, dass Cornelius gebannt ins Wasser starrte und dass Franzi stumme und drängende Blicke in Fynns Richtung schickte. Er wusste sofort, was los war.

»Wir haben was!«, stieß er hervor und eilte in Richtung Heck. Hanselmann folgte ihm nach einer Überraschungspause. Vidocq und Lena sahen ihn an, als er an ihnen vorbeihastete. Er brauchte kein Wort zu sagen. Die beiden schlossen sich ihm und Hanselmann an. Dann standen sie zu sechst im Heck und betrachteten den Schatten, der nur noch einen Steinwurf von der Mary Celeste entfernt war.

»Das ist kein Wal!«, raunte Cornelius.

»Monsterkrass«, murmelte Lena.

»Das ist doch ein Wal«, flüsterte Hanselmann.

»Wer hat das Ding entdeckt?«, fragte Fynn.

»Wir beide ziemlich gleichzeitig«, erwiderte Franzi.

»Monsterkrass«, sagte Lena wieder.

»Ich glaube«, sagte Vidocq, »wir brauchen ein größeres Schiff.«

Der Schatten war jetzt so nahe, dass jemand, der von der Reling aus ins Wasser gesprungen wäre, auf dem Wesen gelandet wäre. Es überholte die Mary Celeste langsam auf der rechten Seite. Noch immer war es nicht genau zu erkennen, doch es stand fest, dass es nicht die übliche breite Schwanzflosse wie ein Wal besaß und auch nicht die normale, am Kopf dickere und zum Ende hin schlanker werdende, stromlinienförmige Gestalt eines Wals hatte. Fynn meinte, am hinteren Ende des Schattens so etwas wie breite, dreieckige, waagerechte Flossen zu sehen, die sich bewegten, aber die spiegelnde Wasseroberfläche ließ keine genauere Beobachtung zu.

Eines war jedoch klar. Das Tier – wenn es überhaupt ein Tier war – musste ein ganzes Stück größer sein als die Mary Celeste, deren Länge Fynn auf gute dreißig Meter schätzte. Je mehr ihm dieser Umstand klar wurde, desto ehrfürchtiger starrte er ins Wasser hinab. Der Blauwal, das größte aller bekannten Meereslebewesen, wurde nur dreißig Meter lang. Was immer das dort neben der Mary Celeste war, es übertraf einen Blauwal locker.

Fynn wurde beiseitegeschoben, als Vidocq sich neben ihm über die Reling beugte. Er hatte einen Bootshaken aufgenommen, eine lange Stange mit einem eisernen Haken am Ende, mit dem man Boote an den Schiffsrumpf heranziehen konnte oder auch ins Wasser gefallene Personen retten. Vidocq piekste mit dem stumpfen Ende des Bootshakens zu dem Schatten hinunter.

»Mal sehen, was du für einer bist«, hörte Fynn ihn murmeln.

Ein Instinkt, dem er blindlings folgte, ließ Fynn ein paar Schritte zur Seite weichen. Und das war gut so.

Denn was danach passierte, geschah so schnell, dass keiner von ihnen die Zeit hatte, auch nur einen Schreckensschrei auszustoßen.

18

Das Ende des Bootshakens berührte die Wasseroberfläche.

Das, was die Freunde für den spitz zulaufenden Kopf des Wesens gehalten hatten, explodierte förmlich in zehn lange, mit Saugnäpfen bewehrte Tentakel. Der Riesenkalmar – denn er war es, daran gab es keinen Zweifel – hatte seine Arme so in Schwimmrichtung ausgestreckt und aneinandergepresst, dass sie ausgesehen hatten wie ein kompakter, kegelförmiger Ausläufer seines Körpers.

Das Wasser spritzte auf, als die Fangarme durch die Wasseroberfläche brachen.

Der graue Körper des Kalmars erblühte auf einmal in grellem Rot. Er hatte die Farbe gewechselt.

Einer der Tentakel schlang sich blitzschnell mehrfach um den Stab des Bootshakens. Noch bevor Vidocq reagieren konnte, wurde ihm das Teil aus der Hand gerissen und davongeschleudert. Die Kraft des Kalmars musste ungeheuer sein: Der schwere Bootshaken wirbelte über die Wellen davon wie ein Streichholz. Erst mehrere Dutzend Meter vom Schiff entfernt fiel er ins Wasser und versank sofort.

Der Kalmar krümmte sich zusammen. Sein riesiger Körper leuchtete immer noch rot. Im nächsten Moment erlosch die grelle Farbe. Ein Muster aus Grau, Grün und Weiß lief über den mächtigen Leib, machte ihn beinahe unsichtbar vor dem Hintergrund der Wasseroberfläche, die in den gleichen Farben schimmerte.

Vidocq, der versucht hatte, den Bootshaken festzuhalten, verlor das Gleichgewicht, und seine Augen weiteten sich vor Schreck, als er vornüberzukippen drohte. Er würde direkt in das Gewimmel aus Fangarmen fallen!

Der Kalmar warf sich herum, die Tentakel spreizten sich. Ohne Zweifel, um Vidocq zu umschlingen, wenn er fiel, und ihn mit sich in die Tiefe zu reißen. Fynn streckte einen Arm aus, um den jungen Franzosen festzuhalten, doch er war viel zu weit weg.

Etwas zischte wie die Dampfpfeife einer Lokomotive.

Zwischen den Fangarmen schoss etwas heraus, das Vidocq traf

wie der Strahl aus einer Wasserkanone. Nur, dass dieser Strahl schwarz war. Seine Wucht ließ die Flüssigkeit in alle Richtungen davonsprühen, holte Vidocq von den Beinen und warf ihn quer über das halbe Deck. Er schlitterte darüber. Es spritzte nach allen Seiten. Ein scharfer, fischiger Geruch erfüllte die Luft. Vidocq rutschte über die Planken und kam erst an der gegenüberliegenden Reling zum Halten.

Der Kalmar verschwand im aufgewühlten Wasser, das brodelte und schäumte, als ob es kochen würde. Eine schwarze, nach Fisch stinkende Welle schlug gegen den Rumpf der Mary Celeste, ließ sie wild schwanken und über die nachfolgenden Wellen schaukeln, die das Abtauchen des gigantischen Tiers verursacht hatte. Eine Wasserblase wölbte sich an der Stelle, wo es verschwunden war, weiße Gischt wallte auf, schwarzer Schaum und öliges Wasser spritzten. Wild schwankte der Mast der Mary Celeste, ein Segel riss sich halb von der Rah, die Enden der gerissenen Taue peitschten über das Deck. Alle klammerten sich irgendwo fest oder rutschten über das Deck. Vom Unterdeck kam das Klirren und Scheppern von Gerätschaften, die bis jetzt noch nicht kaputt gewesen waren, über den Boden rollten und zerbrachen.

Dann beruhigte sich das Schiff wieder, schwankte nur noch leicht im aufgewühlten Meer. Dort, wo der Riesenkalmar untergetaucht war, zeigte sich noch immer ein riesiger, runder, schwarz schäumender Fleck auf dem Meer.

Lena eilte zu Vidocq. Der Franzose war klitschnass und sah aus, als sei er in den Ausbruch einer Ölquelle geraten. Alles an ihm triefte zäh und ölig schwarz, er lag in einer gewaltigen Lache aus der schillernden Flüssigkeit. Der Gestank nach gammligem Fisch war überwältigend.

»Ist Ihnen was passiert?«, fragte Lena den künftigen Detektiv, dessen Augen in seinem schwarz verschmierten Gesicht riesengroß wirkten und fassungslos blinzelten.

»Wer hat die Fischsuppe schlecht werden lassen?«, ächzte Vidocq. »Donnerwetter, das stinkt zum Himmel.« Er spuckte aus. »Und schmeckt wie Oma unterm Arm!«

Fynn, der ebenfalls herangeeilt und total erleichtert war, dass Vidocq anscheinend keine Verletzung davongetragen hatte, sagte: »Was da so stinkt, sind Sie. Sie sind voller Tintenfischtinte.«

»Tintenfischtinte!?«

»Der Riesenkalmar hat sie eingesprüht. Und zwar mit einer Menge, die zu seiner Größe passt«, sagte Cornelius, der ebenfalls herangekommen war, aber sich abseitshielt und mit der Hand vor seiner Nase herumwedelte.

Hanselmann betrachtete Vidocq genüsslich und seufzte wohlig. »Gott, was hätte ich darum gegeben, Sie so begossen zu sehen, nachdem Sie mich verhaftet hatten. Danke, Vidocq, für diesen Anblick.«

»Nicht ich hab Sie verhaftet, sondern mein älteres Ich!«, schimpfte Vidocq. »Ihre Schadenfreude ist völlig unangebracht. Ich bin unschuldig!«

»Ich genieße es trotzdem«, sagte Hanselmann verträumt.

»Sind Sie jetzt endlich davon überzeugt, dass es Riesenkalmare gibt?«, fragte Fynn den Erfinder schroff.

Hanselmann lächelte und deutete auf den tropfenden Vidocq. »Wenn das Ergebnis so aussieht, glaube ich auch an den Mann im Mond.«

Fynn schüttelte über die Häme des Erfinders ungläubig den Kopf. »Können Sie aufstehen?«, wandte er sich dann an Vidocq.

Vidocq zupfte an seinem völlig ruinierten Gewand herum und schlug Lenas Finger weg, die versuchte, ihm die ölige Tinte aus dem Gesicht zu wischen. »Will ich überhaupt aufstehen?«, fragte er. »Hängt mich einfach hinter dem Schiff ins Wasser, bis ich wieder sauber bin.«

»Nichts lieber als das«, versicherte Hanselmann.

Franzi war die Einzige, die bisher geschwiegen hatte. Jetzt meldete sie sich zu Wort. »Der Riesenkalmar«, sagte sie langsam, »ist etwa eineinhalb Mal so lang wie die Mary Celeste. Er hätte das Schiff ohne Weiteres umschlingen und zerdrücken und uns alle in die Tiefe reißen können.«

»Danke für die ausführliche Beschreibung«, murmelte Cornelius.

Franzi ließ sich nicht beirren. Sie redete einfach weiter. »Ich weiß nicht, ob es euch aufgefallen ist. Ich hab es jedenfalls gesehen.«

»Was hast du gesehen?«, fragte Fynn.

»Im Körper des Kalmars stecken vier oder fünf lange eiserne Spitzen«, sagte Franzi. »Das Tier hätte allen Grund, wütend zu sein. Jemand hat auf es geschossen.«

19

»Wohin sind Sie denn gereist?«, fragte Bernadette, die Hanselmanns langen, nachdenklichen Blick als stummes Eingeständnis wertete, dass er die Zeitmaschine doch schon einmal benutzt hatte. »Halt, lassen Sie mich raten. In die Zeit, aus der die meisten Ihrer Möbel stammen – Gründerzeit, Biedermeier, Mitte bis Ende des 18. Jahrhunderts? Oder dorthin, wo Ihr Friseur seine Bartmodejournale herhat? Zu den Musketieren?«

Hanselmann griff sich unwillkürlich in seinen grauen, zerzausten Musketierbart. »Nein«, sagte er dann nach einer langen Pause.

»Na, spannen Sie mich doch nicht so auf die Folter!« Bernadette beugte sich vor. »Zu den Dinosauriern? Zu den Pyramiden?

Nach Stonehenge? Zum Urknall, mit dem das Universum entstand? Zur …?«

Hanselmann unterbrach die aufgeregte Bernadette. »Eine Woche in die Zukunft«, sagte er.

Bernadette schwieg verblüfft. »Was wollten Sie denn dort?«

»Die Lottozahlen erfahren.« Hanselmann ließ den Kopf hängen. »Glauben Sie, mir geht's erst seit Kurzem finanziell so schlecht?«

»Ich werd verrückt«, sagte Bernadette. »Auf die Idee bin ich ja überhaupt noch nicht gekommen.« Sie sah sich bedeutungsvoll in Hanselmanns kleinem, staubigem Kabuff um und tippte dann auf Hanselmanns Kontoauszüge. »Was ist schiefgegangen?«

»Alles.«

»Was heißt ›alles‹? Haben Sie die Zahlen vergessen, als Sie wieder in der Gegenwart ankamen? Konnten Sie Ihre eigenen Notizen nicht mehr lesen? Haben Sie sich beim Ankreuzen des Lottoscheins vertan?«

»Sie müssen mich für völlig verpeilt halten«, beschwerte sich Hanselmann.

»Nicht völlig«, sagte Bernadette. »Jetzt reden Sie schon! Warum sitzen wir nicht in einem Zweihundert-Quadratmeter-Penthouse mit eigenem Heliport hoch über den Dächern Münchens und lassen uns von Ihrem Butler einen frischen Kaffee in einer goldenen Kanne aufbrühen?«

»Dafür würden Sie also einen Lottogewinn ausgeben?«, fragte Hanselmann.

»Das wäre erst der Anfang«, erwiderte Bernadette vergnügt.

Hanselmann kämpfte mit sich, dann verzog sich sein faltiges, bartstruppiges Gesicht auf einmal zu einem breitem Grinsen. »Ich hätte eine Fünfhundert-Quadratmeter-Wohnung«, sagte er. »Ich müsste ja schließlich den ganzen Krempel«, er machte eine weit ausholende Geste in Richtung seiner Halle, »irgendwo unterbringen.«

»Über den Dächern Münchens?«

»In den Bergen!«

»An einem See?«

»Unbedingt.«

»Also«, sagte Bernadette und verschränkte die Arme, »dann erzählen Sie mal, wieso Sie das verbockt haben.«

20

Die Nachricht, dass der Riesenkalmar womöglich verletzt war, ließ die Kinder das riesige Tier plötzlich mit anderen Augen sehen. Lena fasste es als Erste in Worte: »Armes Monster«, sagte sie.

»Die Betonung liegt auf Monster«, meinte Vidocq verdrossen. Er war aufgestanden und zupfte noch immer an sich herum. Schwarze Tinte tropfte von ihm herab und rann über die Planken. »Ich bin nass, ich stinke wie ein zehn Tage alter Müllhaufen hinter einem Fischrestaurant, und jetzt fange ich auch noch zu frieren an in den nassen Sachen. Ich brauche was Trockenes. Verdammt, den Leihanzug werde ich wohl bezahlen müssen.«

»Vielleicht kehren Sie ja früh genug in Ihre Zeit zurück, dass Sie den schönen, reichen Damen die Juwelen von den Ringen saugen können beim Handkuss«, ätzte Lena.

Cornelius räusperte sich. »Jetzt wissen wir, dass es einen Riesenkalmar gibt und dass er möglicherweise die Mary Celeste angegriffen hat. Wir können wieder zurückreisen. Das Rätsel ist gelöst.«

»Nein«, widersprachen Franzi und Lena gleichzeitig. Die beiden Mädchen unterbrachen sich und blickten sich an. »Du zuerst«, sagte Franzi.

»Wir haben noch nicht alles rausgefunden«, sagte Lena. »Wir nehmen nur an, dass der Tintenfisch für das Verschwinden der Besatzung verantwortlich ist. Aber wie? Hat er sie mit seinen Fangarmen nacheinander einzeln vom Schiff runtergepflückt und dann verspeist? Während die anderen brav an Deck standen und hofften, dass es sie nicht erwischt? Solange wir das nicht wissen, haben wir die Aufgabe nicht gelöst. Aber es gibt einen noch viel wichtigeren Grund.«

Franzi nickte. »Ich bin deiner Meinung, Lena«, sagte sie. »Red ruhig weiter.«

»Der Kalmar ist verletzt«, sagte Lena. »Wenn wirklich Eisenspitzen in seinem Körper stecken, dann sind sie ihm von Menschen dort reingeschossen worden. Wir müssen ihm helfen.«

Vidocq und Hanselmann bekamen große Augen. Vidocq patschte sich vor die Stirn. Tintenfischtinte spritzte herum. »Eine Harpune«, rief er. »Jemand hat versucht, das Vieh zu harpunieren!«

»Jemand?«, fragte Hanselmann verächtlich. »Ich frage mich wirklich, wie Ihr zukünftiges Ich mir auf die Schliche kommen konnte. Ihr jetziges Ich ist als Detektiv keinen Schuss Pulver wert.«

»Ich lerne schnell«, knurrte Vidocq verärgert.

»Jedenfalls ist klar, dass die Besatzung der Mary Celeste versucht hat, den Riesenkalmar zu harpunieren. Bei so einem Koloss braucht es aber mehr als nur ein paar Eisenpfeile, um ihn zu töten. Sie haben das Ding nur wütend gemacht. Und daher hat es sich an der Besatzung gerächt und verfolgt das Schiff auch jetzt, um seine Rache zu vollenden.«

»Ihre Theorie stimmt nicht ganz«, sagte Fynn. »Der Kalmar hätte schon zweimal die Möglichkeit gehabt, das Schiff zu zerstören. Stattdessen hat er vorhin nur versucht, uns rechts zu überholen.«

»Was eigentlich verboten ist«, sagte Cornelius und kicherte. Er hörte auf, als alle ihn groß ansahen. Keinem war zum Spaßen zumute. Die Lage war ernst. »'Tschuldigung«, sagte er.

Die beiden Erwachsenen hörten ihm nicht zu. »Ich bin überzeugt, wir finden irgendwo auf dem Schiff versteckt eine Harpunenkanone«, sinnierte Hanselmann. »Den Schiffseignern ist es sicher nicht recht, wenn so ein Handelsschiff wie die Mary Celeste auf Waljagd geht, weil es dabei entweder beschädigt werden kann oder seinen Terminplan nicht einhält. Daher werden sie es der Besatzung verboten haben. Aber ein paar Stücke Waltran bringen trotzdem eine schöne Summe Geld im nächsten Hafen, daher denke ich, dass die Mary Celeste irgendwo im Frachtraum versteckt eine Harpunenkanone mitführt. Wahrscheinlich hat die Besatzung das Riesenvieh zunächst für einen Wal gehalten. Wir brauchen nur nach der Kanone zu suchen, dann kann sich das Ungeheuer einen Blattschuss abholen, wenn es uns noch mal zu nahe kommt.«

»Ich lasse nicht zu, dass noch mal auf den Kalmar geschossen wird!«, rief Lena aufgebracht, doch Vidocq und Hanselmann hörten nicht auf sie. Sie wandten sich ab und kletterten gemeinsam zum Unterdeck hinunter, um nach der Harpunenkanone zu suchen.

»Fynn, wir dürfen das nicht zulassen!«, rief Lena.

»Ich glaube nicht, dass sie die Harpunenkanone finden«, meinte Franzi nachdenklich. Sie erinnerte sich an etwas, das sie gesehen hatte, als sie das Beiboot hochgehievt hatten.

»Genau!«, mischte sich Cornelius ein. »Weil nämlich ...«

»Dir ist es auch klar, oder?«, fragte Franzi lächelnd.

»Logisch! Und wisst ihr, warum Vidocq und Hanselmann nicht Bescheid wissen? Weil sie nie den Film Moby Dick gesehen haben!«

Fynn grinste und nickte. Lena blickte genervt von einem zum anderen. »Ich hab den Film gesehen – und er war kotzlangweilig, Alter! Aber ich habe keine Ahnung …« Sie stockte. Ein Lächeln ging über ihr Gesicht, und ihre schlechte Laune verging. »Ah, jetzt versteh ich's! Braver Tintenfisch! Monsterritz gemacht, Monster!«

21

»Ich hab die Sache mit der Reise in die Zukunft nicht verbockt«, sagte Hanselmann.

»Was ist dann passiert?«

Hanselmann seufzte. »Wissen Sie, ich war von vornherein misstrauisch. Ich hab mich gefragt: Wieso ist der alte Vidocq nie in die Zukunft gereist? Er hätte ja auf die Idee kommen können, dass die Rätsel, die er noch lösen wollte, in der Zukunft bereits geknackt wären. Er hätte bloß nachschauen müssen. Stattdessen hat er als Geist irgendwo im Nirgendwo hundertfünfzig Jahre warten müssen, bis er Zugang zu Franzi und Fynn fand.«

»Vielleicht war er schon zu alt und krank, als ihm aufging, dass er noch Arbeit auf Erden zurücklassen musste?«

»Umso mehr ein Grund, in die Zukunft zu reisen. Hätte ja sein können, dass er dort ein Mittel findet, um sein Leben zu verlängern.«

Bernadette nickte. »Die Lottozahlen von nächster Woche und ein Medikament für die doppelte Lebensspanne. Die Reise in die Zukunft klingt immer verlockender.«

Hanselmann schien ihr gar nicht zugehört zu haben. »Oder mein Vorfahr – Pierre Hanselmann, der Erfinder der Zeitmaschine. Warum hat er nicht einfach ein bisschen Geld auf einem Bankkonto deponiert und ist dann zweihundert Jahre in die Zukunft gereist, wo ihn die Zinsen und Zinseszinsen zu einem reichen Mann gemacht hätten? Und den alten Vidcoq, der ihn überwachte, wäre er auf diese Weise nebenbei auch noch losgeworden.«

»Ja, warum nicht?«, fragte Bernadette.

»Ich habe Folgendes getan«, erzählte Hanselmann weiter. »Ich habe eine Kaffeetasse wie diese hier ... oh, nein, nicht eine wie diese hier, die stammt doch mindestens aus einem Geschirr aus der Zeit vor dem Ersten Weltkrieg ...« Er blickte Bernadette strafend an. »Sie sollen doch nicht meine Antiquitäten fürs Essen benutzen!«

»Hätten Sie Ihren Kaffee lieber aus dem Pappbecher getrunken?«

Hanselmann stellte die Tasse wieder hin. »Also, ich habe eine Kaffeetasse genommen, hab sie in die Zeitmaschine gestellt, hab eine Woche in der Zukunft eingestellt, den Hebel gezogen ... weg war die Tasse.«

»Hört sich ja bis jetzt ganz gut an.«

»Dann hab ich den Hebel wieder gezogen, um die Tasse zurückzuholen.«

»Ich ahne was ...«

»Die Tasse blieb weg. Daraufhin hab ich einfach auf den Tag gewartet, den ich eingestellt hatte. Ich dachte mir, spätestens dann müsse die Tasse ja wieder auftauchen. Falsch gedacht. Sie blieb weg und ist bis jetzt auch nicht wieder aufgetaucht.«

»Was glauben Sie, woran das liegt? Aus der Vergangenheit kommt man ja offenbar ohne Weiteres zurück ...«

»Theorie Nummer eins: Aus der Vergangenheit klappt es nur, weil der Geist des alten Vidocq darauf achtet, dass die Kinder nicht verloren gehen.«

»Gibt's auch eine zweite Theorie?«

Hanselmann nickte. Er schnappte sich einen Stift und drehte einen Beleg um, damit er auf die freie Rückseite malen konnte. Er zeichnete einen geraden Strich und malte an sein Ende einen dicken Punkt. »Der Strich ist die Vergangenheit, die schon geschehen ist. Der Punkt ist die Gegenwart, an der wir uns jetzt befinden. Damit die Gegenwart genau so sein kann, wie sie jetzt ist, musste auch die Vergangenheit genau dazu passend ablaufen. Deshalb der gerade Strich. Die Vergangenheit konnte nur so und nicht anders geschehen.«

»Hab ich kapiert.«

Hanselmann malte jetzt einen ganzen Haufen Striche, die von dem dicken Punkt aus in alle Richtungen davonführten.

»Das ist die Zukunft. Die ist nicht so festgelegt. Je nachdem, was wir in der Gegenwart tun, verläuft die Zukunft anders. Ich könnte Sie zum Beispiel jetzt für kommenden Montag zum Abendessen einladen. Dann würde Ihr Montag so verlaufen.« Hanselmann malte einen der Striche etwas dicker. »Wenn ich Sie aber nicht einlade, dann verläuft Ihr Montag so.« Er markierte einen anderen Strich. Dann machte er an dessen Ende einen neuen Punkt. »Wenn wir annehmen, dass dieser Punkt Ihre Zukunft am Montagabend ist, dann gibt es von dort aus wieder einen Haufen Möglichkeiten. Sie könnten allein essen gehen ... Sie könnten gar nicht essen gehen ... Sie könnten sich zu Hause vor die Glotze setzen ... Sie könnten mich anrufen und mich spontan zum Essen einladen ...« Hanselmann malte eine Menge Striche, die von dem Punkt aus in alle Richtungen davonliefen. »Wenn wir davon ausgehen, dass ich Sie einlade und Sie nehmen die Einladung an, haben wir am Montagabend einen ganz anderen Gegenwartspunkt.« Hanselmann malte einen weiteren Punkt ans Ende des Strichs, den er zuvor dick angemalt hatte. »Von hier aus geht's wieder in unendlichen Möglichkeiten weiter: Das Essen schmeckt Ihnen, und wir gehen nachher noch in eine Bar ... Das Essen schmeckt Ihnen nicht, und Sie fahren gleich danach nach Hause ... Der Abend gefällt Ihnen so gut, dass wir gleich eine neue Verabredung treffen, bei der Sie mich zum Essen ausführen – weshalb dieser Strich jetzt zu dem führt, der von dem anderen Gegenwartspunkt aus verläuft, an dem ich Sie nicht eingeladen habe, aber Sie spontan mich einladen wollen, was jetzt zum gleichen Ergebnis führt ...«

»Ich hab schon verstanden«, wehrte Bernadette ab. »Wieso ist Ihnen ausgerechnet dieses Beispiel eingefallen?«

»Reiner Zufall«, sagte Hanselmann. »Ich will Ihnen damit nur verdeutlichen ...«

»Sie wollen mir nur verdeutlichen, dass die Zukunft so derart verästelt und unwägbar ist, dass man zwar etwas dorthin schicken kann, aber die Wahrscheinlichkeit, dass man dann genau in der Zeitlinie weiterlebt, in der es gelandet ist, sehr gering ist …«

»Und dass es auch nicht mehr zurückfindet, wenn auf dem Weg zwischen dem Moment, als es abgeschickt wurde, und der Zukunft, in der es angekommen ist, nicht alles haargenau so abläuft, wie es dieser eine einzige unter unendlich vielen möglichen Zeitsträngen vorsieht.«

»Verstehe«, sagte Bernadette.

»Und deshalb«, brummte Hanselmann, »hab ich nicht im Lotto gewonnen, sondern muss meine Steuerbelege mühsam nachprüfen.«

»Stimmt«, sagte Bernadette und deutete über seine Schulter auf die Gesamtsumme einer Rechnung. »Und das hier stimmt nicht. Noch 'nen Kaffee?«

Die Wut des Ungeheuers

22

Vidocq und Hanselmann fanden keine Harpunenkanone. Fynn war nicht überrascht. Er hatte es für unwahrscheinlich gehalten, dass die Besatzung der Mary Celeste mehr als eine Waffe an Bord geschmuggelt hatte – und was aus der einen geworden war, war Fynn ebenso wie den anderen dreien ziemlich klar. Gefunden hatten die beiden Männer aber trotzdem etwas.

Es war ein langer, schwerer, eiserner Pfeil mit einer breiten, flachen Spitze, die in einem langen Widerhaken auslief. Am anderen Ende, das verdickt war, befand sich eine durch die Stange gebohrte Öse, weit genug für ein starkes Tau. Der Pfeil hatte im Laderaum unter einer Plane gelegen, unter der wahrscheinlich auch die Harpunenkanone versteckt gewesen war. Die Männer der Mary Celeste mussten ihn übersehen haben. Vidocq und Hanselmann hatten den Pfeil an Deck gebracht.

»Eine Harpune«, sagte Cornelius. Lena betrachtete die grobe, offensichtlich handgeschmiedete Waffe und erschauerte. Sie bedauerte jedes Wasserlebewesen, das so ein grässliches Ding in seinen Leib geschossen bekam, und fühlte auf einmal deutlich weniger Mitleid mit der verschollenen Crew der Mary Celeste als noch zuvor. Man konnte die Ansichten, die die Menschen im

19. Jahrhundert zum Thema Tierschutz gehabt hatten, natürlich nicht mit dem 21. Jahrhundert vergleichen. Weder die Wissenschaft noch das Verständnis der Leute waren damals weit genug entwickelt gewesen, um den Tieren Gefühle wie Leid, Schmerz, Bedauern und Angst zuzusprechen. Trotzdem empfand Lena eine Mordswut auf die Männer, die mit solchen Harpunen auf die Jagd gegangen waren. Wenn sie nun Pierre Hanselmann ins Gesicht blickte, der die Harpune mit einer gewissen Anerkennung in den Händen wog und in dessen Augen die Lust stand, so ein Ding einmal abzufeuern, wurde ihre Wut nur noch größer. Auch Eugène Vidocq schien die Harpune weniger als ein Instrument zum Quälen und Töten eines Tiers anzusehen als vielmehr etwas, das sich mit Sport und Heldenmut und verwegenen Jägern verband.

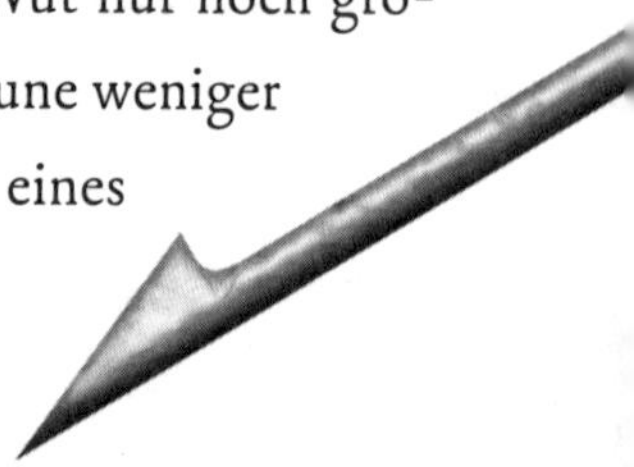

Lena schritt auf Hanselmann zu und streckte die Hände aus. »Darf ich das auch mal halten?«, fragte sie.

Hanselmann überreichte ihr die Harpune. Lenas Arme sanken herab. Sie hatte nicht gedacht, dass das Ding so schwer wäre! Sie spürte die erstaunten Blicke ihrer Freunde, als sie die Harpune vor ihr Gesicht hob. Mit Sicherheit hatten sie gedacht, Lena würde die Waffe nicht einmal anschauen wollen, geschweige denn anfassen.

Sie hob die Harpune ganz über den Kopf. Hanselmanns Augen weiteten sich, als ihm klar wurde, was Lena vorhatte. Er machte einen Schritt auf sie zu, aber es war zu spät.

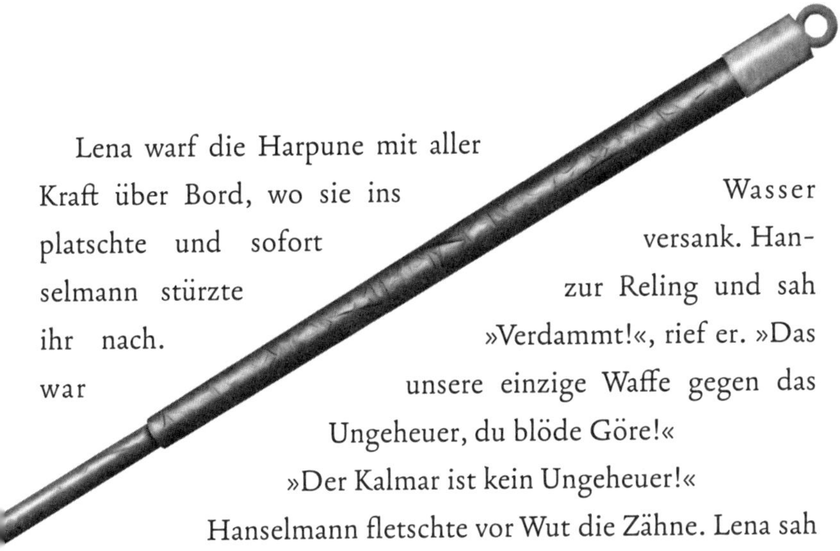

Lena warf die Harpune mit aller Kraft über Bord, wo sie ins Wasser platschte und sofort versank. Hanselmann stürzte zur Reling und sah ihr nach. »Verdammt!«, rief er. »Das war unsere einzige Waffe gegen das Ungeheuer, du blöde Göre!«

»Der Kalmar ist kein Ungeheuer!«

Hanselmann fletschte vor Wut die Zähne. Lena sah sich zu Vidocq um. Erstaunt erkannte sie, dass er dicht hinter ihr stand, so nah, dass er sie jederzeit daran hätte hindern können, die Harpune ins Wasser zu werfen. Er hatte es nicht getan. Er musterte sie lediglich mit einer hochgezogenen Augenbraue. Lena warf trotzig den Kopf in den Nacken.

»Gut gemacht, Lena«, sagte Franzi.

Hanselmann schüttelte den Kopf. »Ich hoffe, das Monster frisst euch alle auf!«, stieß er zornig hervor.

»Was machen wir jetzt?«, fragte Cornelius.

»Wir versuchen natürlich, dem Kalmar zu helfen, was sonst?!«, sagte Lena.

Cornelius verschluckte sich, während Hanselmann ungläubig und spöttisch zu lachen begann.

»Helfen?«, rief Cornelius. »Das Tier ist länger als unser Schiff! Wie willst du ihm helfen? Indem du ihm ganz nett sagst, er soll mal stillhalten, damit wir ihm die Harpunen rausziehen können? Und dann kleben wir ein Pflaster auf seine Wunden?«

»Genau so, wenn uns nichts Besseres einfällt!«, rief Lena trotzig. Sie war schon wieder sauer, aber diesmal auf Cornelius.

»Cornelius, willst du lieber einfach abhauen und dich dann ewig fragen, ob der Kalmar an den Harpunenverletzungen gestorben ist und ob wir das hätten verhindern können?« Franzi zuckte mit den Schultern. »Ich nicht.«

Cornelius sah Hilfe suchend zu Fynn. Fynn breitete die Arme aus. »Ich bin Franzis und Lenas Ansicht.«

»Wenigstens hat einer von euch genug Hirn, um zu erkennen, was für einen Schwachsinn ihr redet!«, sagte Hanselmann und nickte Cornelius zu.

Cornelius straffte sich.

»Tun Sie bloß nicht so, als wären Sie und ich Verbündete!«, sagte er.

Vidocq grinste, als sich alle Gesichter ihm zuwandten. Er hatte zu der Angelegenheit noch nichts gesagt. »Glotzt mich nicht so an«, meinte er. »Ich hab hier nichts zu melden. Es ist eure Mission. Auch wenn ich euch in hundertfünfzig Jahren damit beauftragen werde.«

Fynn sagte nachdenklich: »Im Laderaum haben wir doch so ein großes Netz aus Tauen gesehen ...«

»Das ist ein Ladenetz, um die Fässer damit aufs Schiff zu bringen oder von ihm herunter«, erklärte Cornelius, der sich an das Netz erinnerte. »Man hakt die Schlingen an den vier Enden in einen Haken an einem Kran ein, der im Hafen steht, und der hebt die Last dann heraus.«

»Wir könnten das Netz doch an den Davits festmachen, an denen jetzt das Beiboot hängt. Wenn der Kalmar noch mal auftaucht und hineinschwimmt, können wir ihn damit vielleicht lange genug festhalten, um ihm einen oder zwei Pfeile aus dem Leib zu ziehen. Dann merkt er bestimmt, dass wir es gut meinen, und hält still für die anderen Operationen.«

»Fynn«, seufzte Vidocq, »ich glaube, du hast keine Ahnung von wilden Tieren und wie differenziert die denken.«

»Sie haben keine Ahnung«, entgegnete Fynn. »Wir sind mit der Erforschung der Tierwelt in unserer Zeit schon ein bisschen weiter als Sie. Tintenfische sind sehr intelligent, sie können ihre Umwelt erkennen und bewerten und haben ein klares Verständnis von sich selbst.«

»Fynn, was du meinst, sind Kraken«, berichtigte Cornelius. »Die sind schlauer, als man sich vorstellt. Kalmare und Kraken sind aber nicht dasselbe.«

»Aber vielleicht ist der Kalmar genauso schlau wie ein Krake? Hat jemand eine bessere Idee, was wir tun sollen, wenn er zurückkehrt?«

»Meine Idee liegt auf dem Meeresgrund«, knurrte Hanselmann und funkelte Lena an.

»Dann machen wir das so wie besprochen«, beschloss Fynn.

»Und wenn der Kalmar doch nicht so schlau ist und meint, er soll gefangen statt verarztet werden, dann versenkt er die Mary Celeste, ohne sich auch nur anzustrengen.« Vidocq schniefte und kratzte sich am Kopf. »An die Arbeit, Leute!«

23

Das erste Problem war, dass sie es nicht schafften, das Rettungsboot aufs Schiffsdeck zu holen. Sosehr sie sich auch ins Zeug legten und an den Tauen zogen, es war einfach zu schwer mit all dem Wasser, das immer noch darin stand. Sie mussten es aber von den Davits lösen, damit sie dort das Netz aufhängen konnten.

Schließlich gaben sie auf und ließen das Boot wieder hinunter. Statt es an den Davits baumelnd mitzuführen, lief es jetzt, mit seinem vorderen und hinteren Haltetau an der Reling befestigt, neben der Mary Celeste mit. Wann immer eine Welle seitlich kam, schlug das Boot gegen den Schiffsrumpf und erzeugte einen dumpfen Aufprall, der ihnen allen schon nach kurzer Zeit auf den Wecker ging. Aber Vidocq widersetzte sich der Idee, es an einem langen Schlepptau hinter dem Schiff herzuziehen. Er meinte, wenn Not am Mann wäre und sie schnell in das Boot umsteigen müssten, würde es viel zu lange dauern, es von dort wieder heranzuholen. Cornelius unterstützte dieses Argument mit großem Nachdruck, sodass es dabei blieb, dass das Boot neben der Mary Celeste schwamm und alle paar Sekunden gegen die Schiffswand knallte.

Vidocq und die Kinder lehnten sich nach der überstandenen Anstrengung an die Reling und starrten auf das Boot hinunter. Vidocq grinste plötzlich. »Ich weiß, was aus der Harpunenkanone geworden ist«, sagte er.

»Ach was?«, fragte Lena schnippisch. »Jetzt erst?«

»Sie war auf dem Boot angebracht, dort am Bug, wo es aussieht, als sei an vier Stellen etwas rausgerissen worden. Wahrscheinlich war sie auf einem Ständer mit vier Beinen montiert. Ergibt auch Sinn – die Mary Celeste wäre viel zu schwerfällig, um von ihr aus zu feuern. Mit dem Boot kommt man bis dicht an das Ziel heran und kann es schnell wenden, wenn es sein muss, um an der Beute dranzubleiben.«

Fynn, Franzi und Cornelius dachten an die Walfangszenen aus dem Film Moby Dick, in dem genau das gezeigt worden war. Die Erinnerung an diesen Film hatte sie auf die Lösung gebracht.

»Der Kalmar hat die Kanone wahrscheinlich gepackt und rausgerissen, nachdem auf ihn gefeuert worden war«, sagte Cornelius. »Was beweist, dass er wirklich klug ist.«

»Es würde mich nicht wundern, wenn er dabei das Boot umgekippt ... und zum Kentern gebracht hätte ...«, sagte Vidocq.

»Ja, denen hat er's gezeigt!«, rief Cornelius kriegerisch und schwieg dann betroffen, als ihm klar wurde, was Vidocq da gerade schilderte. Wenn das stimmte, dann war keiner der Bootsinsassen mehr am Leben. Sie waren im eiskalten Wasser nach wenigen Minuten erfroren. Selbst wenn das Boot nach dem Angriff des Kalmars wieder richtig herum im Wasser gelegen hatte – und dass Vidocq und Hanselmann in ihm zu sich gekommen waren und nicht auf seinem nach oben gekehrten Kiel, schien das zu bestätigen –, war es für die Männer unmöglich gewesen, es zu erreichen und wieder hineinzuklettern. Sie hatten aus Mordgier,

Gewinnsucht oder Beutelust auf den Kalmar Jagd gemacht – und sie hatten womöglich bitter dafür bezahlt. Cornelius räusperte sich betroffen. War das das Geheimnis der verschwundenen Besatzung? Waren die meisten von ihnen in das Boot gestiegen, um den Kalmar zu erlegen? Und hatte das riesige Tier diejenigen, die an Bord geblieben waren, in seiner Raserei dort heruntergeholt und in die Tiefe gezogen? Cornelius schüttelte sich.

Vidocq, der das Ganze offenbar nüchterner sah, spähte zu den flatternden Segeln hinauf. »Eigentlich sollten wir ein paar davon runternehmen«, sagte er. »Wenn der Wind auffrischt, kann es gefährlich werden, solange das Schiff steuerlos ist.«

»Hat man bei der Sûreté auch Basislehrgänge in Matrosenarbeit?«, fragte Hanselmann spöttisch. »Ich wüsste nicht, was zu tun ist.«

»Ich auch nicht«, erwiderte Vidocq gelassen. »Und ich bin nicht bei der Sûreté. Wenn ich unseren jungen Freunden hier glauben darf, werde ich sie mal gründen – und das vermutlich nach der Rückkehr in meine Zeit sofort wieder vergessen haben! –, aber so, wie Sie mich jetzt hier sehen, bin ich das Gleiche wie Sie.«

»Ein Erfinder? Dass ich nicht lache.«

»Ein Betrüger und verantwortungsloser Schurke«, sagte Vidocq. Hanselmann schwieg erbost.

»Die Segel kriegen wir nicht runter«, meinte Fynn. »Dann werden wir wohl besser das Ruder bemannen, damit das Schiff halbwegs Kurs hält, oder?«

»Aber Kurs worauf?«, fragte Vidocq. »Das Kompassgehäuse ist zerschmettert, der Kompass selbst wahrscheinlich irgendwo auf dem Meeresgrund.«

»Wir steuern nach der Sonne«, sagte Fynn und zuckte mit den Schultern. »Schönes Wetter haben wir ja. Wo sie untergeht, ist Westen.«

»Und wenn es dunkel wird?«, fragte Cornelius.

»Dann lassen wir das Schiff einfach weiterfahren, und am Morgen korrigieren wir den Kurs wieder. Es kommt ja nicht darauf an, irgendeine Küste zu erreichen, sondern das Schiff davor zu bewahren, steuerlos umzukippen, oder?«

Vidocq nickte. »Wir wechseln uns als Rudergänger ab. Aber zuerst installieren wir das Netz, damit Schwester Franzi und Schwester Lena dem armen kleinen Kalmar die Stacheln aus dem Pelz ziehen können.«

Lena streckte Vidocq die Zunge heraus. Franzi sagte: »Wenn Ihnen ein Stachel im Pelz stecken würde, würden wir ihn auch rausziehen.«

»Aber so, dass es möglichst wehtut«, ergänzte Lena.

»Ich bin gerührt, wie viel ich dir bedeute«, erwiderte Vidocq und zwinkerte. Lena wandte sich wutschnaubend ab.

Das Netz war wie ein riesiger Einkaufsbeutel aus ineinander verflochtenen Tauen mit vier Henkeln. Fynn bezweifelte, dass sie es so aufhängen konnten, dass selbst der dümmste Kalmar sich darin verfangen würde, aber er hatte auch keine bessere Idee, also sagte er nichts.

Danach konnten sie nichts anderes tun, als sich am Steuerruder abzuwechseln, damit sie ein Gefühl dafür bekamen – und warten. Langsam wurde es Abend, der Himmel färbte sich im Osten perlgrau und im Westen golden. Würde sich der Kalmar in der Nacht schlafen legen? Oder würde er erneut auf die Mary Celeste losgehen? Wo war er jetzt überhaupt? War er sehr schwer verletzt? Würde er das Herausziehen der Harpunen, wenn es überhaupt glückte, nicht als weiteren Angriff werten? Keiner wusste die Antworten auf diese Fragen, also stellte sie auch keiner laut.

Es wurde dämmrig, es wurde Nacht. Bei ihrem Abenteuer auf Atlantis hatte keiner darauf geachtet, aber jetzt fiel es ihnen wieder auf: Ihre Missionen fanden immer bei Neumond statt, und das hieß, dass es stockdunkel war. Der Himmel war zwar wolkenlos, doch die raue See ließ einen feinen Gischtschleier in die Höhe stieben, sodass man die Sterne nur trüb sehen konnte und sie kaum Licht gaben.

»Ich übernehme jetzt das Steuer«, sagte Vidocq zu Franzi. »Ihr Kinder geht nach unten und sucht euch einen halbwegs trockenen Schlafplatz. Bevor ich am Steuer festgefroren bin, lasse ich mich ablösen.«

Sie nickten. Auch Hanselmann hatte nichts dagegen einzuwenden. Im Laufe des Nachmittags hatte auch er einmal das Steuer übernommen, sehr zum Missfallen Franzis, aber die anderen hatten ihr klargemacht, dass Hanselmann ihnen keinen Schaden zufügen konnte. Er hätte höchstens versuchen können, das Schiff mit wilden Ruderbewegungen zum Kentern zu bringen, aber das hätte eine Weile gedauert, und bis dahin hätten sie ihn längst überwältigt gehabt. Außerdem wollte er genauso wenig im eiskalten Wasser landen wie sie alle.

Der Erfinder kletterte mit den Freunden unter Deck. Franzi und Lena beanspruchten die Kapitänskajüte für sich. Fynn und Cornelius nahmen die Koje des Ersten Offiziers, die gleich daneben lag.

Hanselmann machte es sich grummelnd in der Kombüse bequem. Er hantierte mit einer Konservendose herum und hämmerte mit einem Küchenmesser auf den Rand ein. Cornelius, der noch einmal in die Kombüse zurückgekehrt war, um sich etwas zu trinken zu holen, sah ihm dabei zu. »Gibt's hier keinen Dosenöffner?«, fragte er.

»Keinen was?«, fragte Hanselmann zurück. Er hieb das Messer in den Deckel und bewegte es hin und her. »Das hier ist die einzige Methode, eine Konservendose zu öffnen.«

Cornelius schwieg. Er nahm sich vor, zu Hause sofort nach »Dosenöffner« zu googeln und nachzulesen, wann das Werkzeug erfunden worden war. Vielleicht hatte es zu Hanselmanns Lebzeiten – oder besser gesagt: bevor er in der Zeit verschollen war – tatsächlich noch keine Dosenöffner gegeben. Er hörte, wie Hanselmann »Mmmmh, Beefsteak!« rief, und ging wieder zurück in die Kabine.

Danach versuchten er und die Freunde zu schlafen. Das Beiboot schlug mit einem hallenden Knall alle fünf bis sechs Sekunden gegen den Rumpf, das Wasser gluckerte und zischte, das Schiff ächzte, die Takelage knarrte.

»Das ist so laut, als würde man sich mitten in der Fußgängerzone schlafen legen«, beschwerte sich Lena.

»Steck dir die Finger in die Ohren«, murmelte Franzi, die schon fast eingeschlafen war.

»Glaubst du, dass der Kalmar wiederkommt?«, fragte Cornelius beklommen.

»Ganz bestimmt«, erwiderte Fynn. »Aber du brauchst keine Angst zu haben. Bevor es wirklich gefährlich wird, aktivieren wir die Zeitmaschine und hauen ab. Wir haben jetzt alles rausgefunden. Es geht nur noch darum, den Kalmar zu retten.«

»Glaubt nur ruhig, dass es darum geht, ihr kleinen Nervensägen«, murmelte Hanselmann, der in der Kombüse an der Wand lehnte und durch die dünnen Trennwände jedes Wort hören konnte. »Glaubt es ruhig.«

24

Irgendwann wachte Lena aus einem unruhigen Schlummer auf. Es schien immer noch mitten in der Nacht zu sein, so finster, wie es war. Lena musste aufs Klo. Wie sollte sie das jetzt auf dem Schiff bewerkstelligen? Selbst wenn es eine Toilette an Bord gegeben hätte – es gab keine, das hatten sie beim Durchsuchen der Mary Celeste festgestellt –, wäre es im Unterdeck viel zu dunkel gewesen, um dorthin zu finden.

»Monsterkrass, aber ehrlich«, sagte Lena leise zu sich selbst, schlich sich aus der Kabine und tastete sich zu der Treppe vor, die zum Hauptdeck führte. Aus der Kombüse erklang das Schnarchen Pierre Hanselmanns. Der schwache Lichtschein der Sterne, der durch die Fenster des Deckshauses hereinfiel und aus der Lukenöffnung ein vages graues Rechteck machte, half Lena, die Treppe zu finden und vorsichtig hinaufzusteigen.

Erst als sie oben war und Vidocqs am Steuerruder stehende Gestalt sah, erinnerte sie sich wieder daran, dass der Franzose ja Wache hielt. Schlagartig war es ihr schrecklich peinlich, aufs Klo zu müssen. Und schlagartig musste sie so dringend, dass nicht einmal daran zu denken war, wieder umzukehren und sich in die Koje zu legen.

Vidocq wandte sich über die Schulter um. »Wer ist da?«

»Ich bin's«, murmelte Lena.

»Hallo, ich«, sagte Vidocq vergnügt.

Lena verdrehte die Augen. »Lena, Mensch. Tun Sie nicht so, als hätten Sie meine Stimme nicht erkannt.«

»Ich würde sie aus dem Chor der Engel heraushören.«

Lena erwiderte nichts darauf. Nach einer kleinen Pause schien Vidocq zu ahnen, wo Lena der Schuh drückte.

»Im Heck«, sagte er. »Da findest du ein Stück niedrigere Reling und hölzerne Handgriffe links und rechts davon, damit man nicht ins Wasser fällt. Oder du nimmst den Eimer, der vorn im Bug in der Mannschaftsunterkunft steht. Fragt sich aber, ob du ihn in der Dunkelheit findest. Und ausleeren musst du ihn nachher auch. Mehr Komfort hat man hier nicht.«

Lena verbiss sich die Frage nach Toilettenpapier oder wo man sich hinterher die Hände waschen konnte. Sie schlüpfte aus dem Deckshaus, verbrachte ein paar extrem ungemütliche Augenblicke an der von Vidocq bezeichneten Stelle im Heck, patschte dann mit den Händen auf den Schiffsplanken herum, bis sie eine Meerwasserlache fand, die sie zum Händewaschen benutzen konnte, und huschte wieder zurück. Ihre Verlegenheit war so groß, dass sie sofort wieder nach unten gehen wollte, außerdem fror sie erbärmlich. Doch Vidocq hielt sie zurück.

»Du weißt schon, dass wir alle nur noch an Bord sind, weil du und Franzi es sich in den Kopf gesetzt habt, den Kalmar von den Harpunen zu befreien?«, fragte er.

»Ja und?«

»Eure Absicht mag edel und achtsam sein, aber denkt daran, dass es nicht nur um das Tier geht. Hier sind auch sechs Menschen an Bord, die mit jeder Stunde, die sie sich hier länger aufhalten müssen, in größerer Gefahr sind. Der Kalmar kann das Schiff angreifen und zum Sinken bringen, Wind und Wellen können es kentern lassen …«

Lena sagte nichts. Sie wusste, dass Vidocq recht hatte. Auf der einen Seite wollte sie wieder nach unten entwischen, auf der anderen Seite hatte sie das Gefühl, dass der künftige Detektiv zum ersten Mal ernsthaft mit ihr sprach, ohne sie zu verspotten. Deshalb blieb sie an der Luke stehen und wusste nicht, welchem Impuls sie nachgeben sollte – dem, sich in die Koje zu verdrücken, oder dem, in der Nähe Vidocqs zu bleiben und ein vernünftiges Gespräch mit ihm zu führen.

»Wir probieren es wenigstens einmal, einverstanden?«, sagte sie schließlich. »Der Kalmar soll eine Chance bekommen, gerettet zu werden.«

»Gut«, sagte Vidocq.

»Ritz«, sagte Lena.

Sie schwiegen. Vidocq wandte sich ab, um nach vorn zu blicken, dann drehte er sich wieder zu Lena um. Seine Stimme klang ein bisschen unsicher und verlegen, als er sagte: »Ab und zu muss ich ja nach vorn schauen, damit wir nicht an irgendeine Insel stoßen …«

Lena kam nie dazu, ihm darauf zu antworten. Plötzlich ging ein Ruck durch das Schiff, der sie nach vorn taumeln ließ und Vidocq gegen das Steuerrad warf. Von unten erklangen Geräusche von fallenden und zerbrechenden Sachen. Das ganze Schiff knarrte so laut, dass es sich fast wie ein Schrei anhörte. Dazwischen hörte man das Poltern, mit dem Fynn, Franzi und Cornelius aus ihren Kojen fielen, einen erschrockenen Ausruf und einen Fluch von Pierre Hanselmann. Etwas hatte das Schiff abrupt gestoppt. Es bockte und tanzte, weil die Masten vor und zurück peitschten. Wasser spritzte rund um die Mary Celeste auf, die Gischt so hell, dass sie im trüben Sternenlicht förmlich aufleuchtete.

Lena fing sich an einem der Griffe des Steuerruders ab. Vidocq stieß sich davon ab. Sie starrten beide nach vorn, um herauszufinden, was das Schiff angehalten hatte.

Da war kein sich vor dem Schiff erhebender Schatten einer Insel, kein wellenumtostes Riff. So weit man überhaupt etwas erkennen konnte, war auf dem Meer vor ihnen nichts. Woran waren sie bloß gestoßen?

Sie wussten es beide, als aus der Kombüse ein Scheppern und Krachen und ein entsetzter Schrei erklangen und gleich danach Hanselmanns panische Stimme: »Um Gottes willen, helft mir!«

25

Die Kombüse war ein einziges finsteres Chaos, in dem Töpfe und Küchenutensilien herumflogen. Wasser spritzte. Etwas fuchtelte und tastete darin herum, etwas Nasses, das fest und weich zugleich war und einen kalten, abgestandenen Geruch ausström-

te. Es war wie ein gigantischer suchender Finger, nein, mehr wie eine sich windende Schlange, die an den Wänden entlangwischte, Hängekästen aus der Verankerung riss, Geschirr zerdepperte, den ohnehin schon aus der Verankerung gerissenen Ofen herumstieß, eine Trennwand eindrückte, Töpfe aufnahm und davonschleuderte. Das Schiff bockte und tanzte wild, neigte sich zur Seite, wurde nach unten gezogen und schnellte wieder in seine Ausgangslage zurück, es knarrte und quietschte, man konnte Spanten brechen und Planken zersplittern hören.

Der riesige suchende Finger war ein gewaltiger Fangarm, der durch das offene Kombüsenbullauge einen Weg hereingefunden hatte und jetzt herumtastete. Auf der Suche nach ...?

Hanselmann taumelte in der engen Kombüse herum, kreischend vor Panik. Er versuchte, dem Fangarm zu entkommen, wurde von ihm zu Boden geworfen, herumgerollt, konnte sich befreien, wurde wieder zurückgeholt. Er strampelte und trat und schlug gegen den Fangarm, so fest er konnte, und brüllte dabei wie am Spieß.

Vidocq und Lena kamen gleichzeitig mit den anderen vor der Kombüse an. Schreckerstarrt sahen sie, wie der Tentakel sich um Hanselmanns Mitte wickelte und ihn hochhob, gegen die Schiffswand schmetterte und wieder losließ. Hanselmann kroch davon, nur um aufs Neue festgehalten zu werden.

»Helft mir!«, schrie er. »Bringt das Vieh um!«

Die Kinder wussten nicht, was sie tun sollten. Selbst Vidocq zögerte – vor Schreck und vor Ratlosigkeit. Die Mary Celeste neigte sich von einer zur anderen Seite wie eine wild gewordene Schiffsschaukel. Es krachte, dann donnerte etwas aufs Deck – einer der Quermasten musste gebrochen und heruntergefallen sein.

Fynn erwachte als Erster aus der Schockstarre. Er packte das Ende des herumfuchtelnden Tentakels und versuchte es beiseitezudrängen. Es fühlte sich eiskalt, rau und zäh an, die Saugnäpfe waren harte, zuckende Ringe. Doch er konnte das sich windende Teil nicht halten; der Fangarm entwand sich mühelos seinem Griff und stieß ihn zu Boden. Franzi packte ihren Bruder am Kragen und zerrte ihn weg, sodass der nächste Griff des Tentakels, der Fynn mit Sicherheit umklammert hätte, ins Leere ging.

Vidocq duckte sich unter dem Fangarm hindurch und bekam Hanselmanns Beine zu fassen. Er versuchte ihn aus der Reichweite des Tentakels zu ziehen und wurde zur Belohnung dafür so heftig beiseitegeschleudert, dass er an der Wand zu Boden rutschte und halb betäubt den Kopf schüttelte. Lena fiel von einem besonders wilden Bocken des Schiffs auf die Knie und rollte dann unter die Treppe. Ein Schwall klirrend kaltes Wasser schwappte die Stufen herunter und durchnässte sie.

Cornelius brüllte: »Igiiiiiitt!« und hob mit beiden Händen eine Axt über den Kopf, die der Schiffskoch vermutlich zum Holzspalten verwendet hatte. Er hielt die Augen krampfhaft geschlossen und hob die Axt noch höher. »Aus dem Weeeeg!«, schrie er.

Fynn und Franzi rollten sich auf die Seite. Hanselmann krümmte sich vor Schreck. Vidocq ging unter einem Regal in Deckung. Lena prustete und keuchte und bekam einen neuen Schwall Wasser ab.

Cornelius schlug blindlings zu.

Die Axt hätte alles Mögliche treffen können. Die Wand der Kombüse. Den aus der Verankerung gerissenen Ofen. Hanselmann. Die aufgeplatzten Seekisten. Vidocq oder Fynn oder Franzi. Oder Cornelius' eigenes Knie.

Tatsächlich traf sie jedoch die Spitze des herumtastenden Tentakels.

Das Schiff erzitterte, als der verletzte Fangarm wild herumschlug. Wasser und etwas blaue Flüssigkeit spritzten herum: Tintenfischblut. Der Tentakel, von dem Cornelius ein Stück abgehackt hatte, das nicht länger war als die Spitze eines kleinen Fingers, ließ Hanselmann fallen, stauchte sich rund um das

Bullauge zusammen wie eine Ziehharmonika, wurde dicker und dicker, dann riss er die metallene Manschette heraus, in der das Bullauge befestigt gewesen war. Es krachte und quietschte, Nieten flogen durch den Raum, und weg war er. Wasser schwappte herein. Die Mary Celeste schwankte von einer Seite zur anderen.

Mit Ausnahme von Hanselmann und Cornelius stürzten alle die Treppe hinauf aufs Hauptdeck. Gute hundert Meter vom Schiff entfernt und sich rasch weiter entfernend sahen sie eine brodelnde Stelle im Wasser. Etwas flog in hohem Bogen davon: die metallene Bullaugenmanschette. Sie klatschte weit weg von der aufgewühlten Stelle ins Wasser und versank. Gischt spritzte hoch, dann beruhigte sich das Meer wieder, das Brodeln hörte auf, und nur die noch immer auf den Wellen tanzende Mary Celeste, die erschrockenen Gesichter ihrer Besatzung und deren heftig pochende Herzen ließen alle daran glauben, dass sie das alles gerade wirklich erlebt hatten.

Sie stolperten wieder nach unten in die verwüstete Kombüse. Hanselmann lehnte schwer atmend an der Wand und tastete sich überall ab. Er schien sich nichts gebrochen zu haben. Vidocq hob das winzige Endchen Kalmartentakel auf, betrachtete es und murmelte kopfschüttelnd: »Was für ein wehleidiges Biest!« Dann warf er das Stück zum Bullauge hinaus. Sanft nahm er Cornelius anschließend das Hackebeil ab und legte es auf den Boden.

»Ihr ... verdammten ... sentimentalen ... Kindsköpfe!«, schrie Hanselmann, nachdem er Luft geholt hatte. »Ihr wollt das Ungeheuer retten? Schaut euch an, was ihr getan habt! Beinahe wären wir alle draufgegangen! Beinahe wäre ich draufgegangen! Das Vieh ist ein Monster. Wir verschwinden sofort von diesem Schiff!«

»Regen Sie sich ab, Hanselmann«, sagte Vidocq. »Wenn Sie nicht herumgekreischt hätten wie ein Baby, hätten Sie sich selbst befreien können. Sie hätten bloß mal kurz in den Tentakel reinbeißen brauchen. Unser Riesenkalmar ist offenbar ein bisschen sensibel.«

»Reinbeißen?«, schrie Hanselmann fassungslos. »Sind Sie von allen guten Geistern verlassen? Reinbeißen!?«

»Sie hätten ihn auch zwicken können«, schlug Vidocq vor.

Fynn begann zu prusten. Er gab Cornelius einen Schubs. »Du kannst die Augen wieder aufmachen. Er ist weg.«

Cornelius hielt die Augen so fest geschlossen, dass sein Gesicht aussah, als hätte er in eine Zitrone gebissen. »Hab ich jemanden getroffen?«, stotterte er.

»Ja.«

»Herrje! Wen?« Cornelius kniff die Augen noch krampfhafter zusammen. »Mich selbst? Wann hört der Schock auf, und der Schmerz beginnt? Ihr könnt es mir ruhig sagen. Schont mich nicht. Ist mein Bein ab? Ich brauch sofort eine Tetanus-Spritze!«

Fynn begann schallend zu lachen, gefolgt von Franzi, dann stimmten auch Vidocq und Lena mit ein. Lediglich Hanselmann knurrte wütend vor sich hin.

Cornelius öffnete vorsichtig erst ein Auge, dann das zweite. Er musterte zuerst sich, dann das Durcheinander in der Kombüse.

»Mich auszulachen ist nicht sehr freundlich«, sagte er schließlich beleidigt zu den anderen.

»Wir lachen dich nicht aus, wir feiern dich«, sagte Franzi. »Du bist der Held. Du hast den Kalmar vertrieben.«

»Echt?«, fragte Cornelius ungläubig.

»Monsterritz«, sagte Lena und klopfte ihm auf die Schulter.

»Cool«, sagte Cornelius und strahlte.

»Na gut«, seufzte Vidocq. »So weit zu diesem kleinen nächtlichen Überfall. Wollt ihr dem Kalmar immer noch helfen?«

Lena und Franzi sahen sich an. Beide zögerten kurz. Lena erschauerte in ihren klatschnassen Klamotten, doch dann sagte sie: »Ja. Wenigstens einen Versuch. Er hat uns nicht aus Bösartigkeit angegriffen, sondern weil er mit dem Schiff nur Schmerzen verbindet.«

»Er hat ja auch bloß mich angegriffen, du dämliche …«, begann Hanselmann.

»Ts, ts, ts«, unterbrach ihn Vidocq. »Keine Schimpfwörter, bitte. Sie und ich sind die Vertreter Frankreichs hier. Wo bleiben Ihre Manieren?«

»Ihre Manieren können Sie sich …«, schrie Hanselmann, wurde aber erneut unterbrochen, diesmal von Lena.

»Alter«, sagte sie, »führen Sie sich nicht so monsterkrass auf. Man muss sich ja schämen, mit Ihnen zusammen in Seenot zu sein.«

Vidocq grinste erheitert, während Hanselmann empört nach Luft schnappte.

»Ich gehe wieder auf Wache«, verkündete der künftige Detektiv dann. »Cornelius, in einer Stunde löst du mich ab. Lena, zieh dir trockene Sachen an. Franzi und Fynn, sucht ein paar Decken und gebt sie Hanselmann, damit er sich ein Bett vorne im Bug in den Mannschaftsunterkünften machen kann. In der Kombüse kann man sich nicht mehr aufhalten.«

Die Freunde nickten. Hanselmann erhob sich grummelnd, streckte sich und massierte seine blauen Flecken. Und Lena merkte erst, als sie in einer der Seekisten nach einem halbwegs trockenen Stück Gewand suchte, dass Vidocq ganz sachlich und wie selbstverständlich das Kommando übernommen und dass er es gut gemacht hatte. Er hatte sich bis jetzt überhaupt vorbildlich verhalten. Über ihr Gesicht huschte ein Lächeln. Monsterritz, Alter, dachte sie voller Stolz. Kann man sich etwa endlich auf dich verlassen?

26

Pierre Hanselmann lag in einem der oberen Stockbetten, dessen Matratze nicht ganz so feucht war, und wartete darauf, dass eine Stunde verging. Er hörte den Schiffsgeräuschen zu. Sie hatten sich verändert. Das Klopfen des Beiboots gegen den Rumpf war verschwunden. Ganz offensichtlich hatte sich das Boot während des Kalmarangriffs losgerissen und war abgetrieben.

Er hatte seine Beobachtung noch keinem mitgeteilt, und den anderen war es in ihrem lächerlichen Triumph darüber, dass sie den Kalmar in die Flucht geschlagen hatten, noch gar nicht aufgefallen. Tja. Pech für alle an Bord, sollte das Schiff in echte Seenot geraten. Er würde dann sowieso nicht mehr da sein. Er hatte einen Plan, seit er an Bord gekommen war, und jetzt war die beste Gelegenheit, ihn durchzuführen. Sobald der stämmige Besserwisser namens Cornelius den verdammten Plattfuß am Steuer abgelöst hatte. Ja, ja, Vidocq war noch gar kein Plattfuß, wie man die Polizisten in Frankreich nannte, sondern nur ein einfacher Schwindler. Erst sein älteres Ich war der Polizist. Aber egal! Wenn man bei Zeitreisen auf solche Feinheiten achtete, war man bald reif für das Irrenhaus.

Der Plan war simpel. Sobald Vidocq schlief, würde sich Hanselmann in den Frachtraum schleichen, sich in die Zeitmaschine setzen – und verschwinden! Er hatte den Kindern zwar ein Versprechen gegeben, doch das kümmerte ihn nicht. Kinder waren nicht ernst zu nehmen, Versprechen, die man ihnen gab, zählten für ihn nichts.

Die Kinder und Vidocq würden entweder mit der Mary Celeste untergehen oder doch noch gerettet werden. Hanselmann hoffte auf das Zweite, nahm aber auch den schlimmsten Ausgang in Kauf.

Er konnte nur schätzen, ob die Stunde schon vergangen war oder nicht. Hier vorne im Bug hörte man nicht, ob der Wachwechsel im Deckshaus hinten im Heck schon stattgefunden hatte. Als er sicher war, dass ausreichend Zeit verstrichen war, kletterte Hanselmann aus dem Bett. Er fror. So klamm es gewesen war, wenigstens hatte es eine Decke gehabt. Jetzt, in dem dünnen atlantischen Chiton, den er immer noch unter dem Schiffsmantel trug und der ebenso wie der Mantel vom Überfall des Kalmars total durchnässt war, bibberte er. Verflucht! Er hätte, als es noch Tag war, daran denken sollen, in den Seekisten nach anderer Kleidung zu stöbern. Zu spät! Aber in ein paar Minuten würde dieser ganze Spuk ohnehin vorbei sein. Leb wohl, Mary Celeste! Leb wohl, Gefangenschaft in der Zeit. Nur noch ein paar Augenblicke, dann wäre Pierre Hanselmann, der rechtmäßige Herr über die Zeitmaschine, wieder ihr Besitzer! Und wenn er erst den Lohn für die Vorsichtsmaßnahmen eingefahren hätte, die er damals, bevor Vidocq ihn in der Zeit hatte stranden lassen, ergriffen hatte ... dann gehörte ihm die Welt! Hanselmann nahm zwar an, dass diese sich ein wenig verändert hatte, seit er vor über hundertfünfzig Jahren ein Gefangener der Zeit geworden war, aber daran konnte man sich bestimmt anpassen.

In gewisser Weise war er fast froh, dass Vidocq damals, als Pierre heimlich die zweite Zeitmaschine gebaut und benutzt hatte, ihn in der Zeit hatte verloren gehen lassen. Das hatte es ihm ermöglicht, die hundertfünfzig Jahre, die seitdem vergangen waren, nicht zu altern – und so konnte er nun etwas tun, was damals nicht möglich gewesen wäre. Er konnte quasi in seine eigene Zukunft reisen, die ja jetzt die Gegenwart war. Er lachte in sich hinein. Wirkliche Reisen in die Zukunft waren nicht möglich aufgrund der sich ständig unwägbar verzweigenden Zeitstränge. Aber auf die Weise, wie er es nun vorhatte, ging es eben doch. Und wenn er die Gespräche der Kinder, die er mitangehört hatte, richtig interpretierte, war deren Gegenwart genau die richtige Epoche für jemanden mit technischem Geschick, Erfindungsgabe und Geldgier. Als die Zeitmaschine ihn zum ersten Mal aus seinem zeitlosen Gefängnis befreit und in Schottland hatte auftauchen lassen, war er noch voller Panik gewesen und hatte nur mit der Maschine flüchten wollen. Auf Atlantis war es nicht anders gewesen. Doch jetzt hatte er Gelegenheit gehabt nachzudenken, und nun ging es ihm nicht mehr darum, aus dem Zeitgefängnis zu entkommen. Nun ging es darum, dorthin zu reisen, wo er am meisten absahnen konnte. Das Paradies wartete auf ihn!

Mit sich zufrieden schlich Pierre Hanselmann das Unterdeck entlang und drang in den Frachtraum ein, in dem die Zeitmaschine stand. Es war stockdunkel hier. Mist. Das Original der Zeitmaschine, das immer in der Gegenwart verblieb, glühte aus sich selbst heraus – diesen Lichtschein hätte er jetzt gut brauchen können. Das Abbild, das sie zusammen mit ihren Passagieren in die Vergangenheit sandte, schimmerte dagegen nicht. Egal! Es war seine Maschine. Er würde sie nicht nur im Dunkeln, sondern auch mit geschlossenen Augen bedienen können. Er musste sich nur erst zu ihr vortast...

BONK.

Aha. Das war sie schon mal nicht gewesen. Hanselmann unterdrückte einen Fluch und rieb sich die Stirn. Dann untersuchte er den Gegenstand, gegen den er gestoßen war. Ein Fass. Er arbeitete sich weiter vor ...

BINK.

Eine Kiste. Genau an die Kante gerannt. Autsch. »Verflucht, verflucht«, murmelte Hanselmann. »Wo steckst du, du blödes Ding?« Sicherheitshalber ging er auf Hände und Knie und tastete den Boden vor sich ab, damit er nicht noch einmal gegen etwas ...

SCHNAPP!

Diesmal rollte sich Hanselmann stöhnend auf den Planken herum und konnte sich nur mit Mühe beherrschen, nicht laut zu brüllen. Er hatte in eine gespannte Mausefalle gegriffen. Geradezu ein Wunder, dass das Ding bei all dem Gestampfe und Geschüttel der letzten Stunden noch gespannt war. Aber nein, es

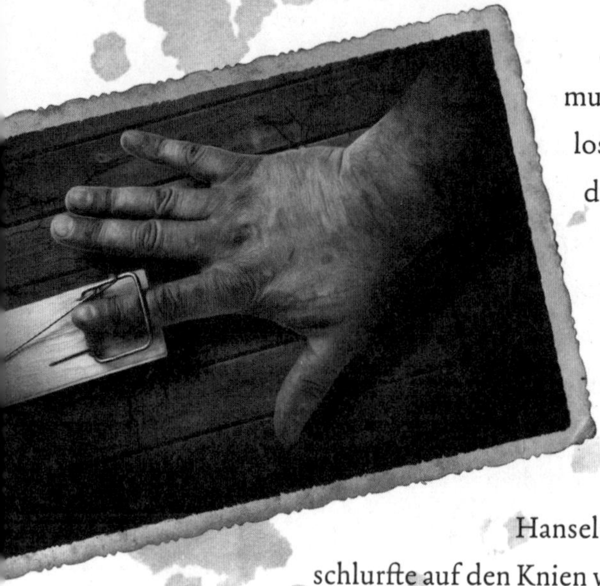

musste genau in dem Moment losgehen, als er seine Finger drin hatte!

Hanselmann flüsterte ein paar Flüche, die selbst die abgebrühtesten Gauner in den Pariser Gossen hätten erröten lassen. Endlich verging der Schmerz. Hanselmann holte tief Luft und schlurfte auf den Knien weiter, die Hände nun waagerecht vor sich ausgestreckt. So griff er wenigstens nirgendwo mehr hinein, und ein Hindernis konnte er auf diese Weise auch ertasten, bevor er mit der Nase dagegenstieß. Wo war die Zeitmaschine?

»Verflucht, ich brauche Licht«, zischte er leise.

»Na gut, das können Sie haben«, erwiderte eine Stimme.

Etwas ratschte. Etwas zischte. Ein unglaublich grelles Licht flammte auf, das aber in Wahrheit gar nicht so hell war, es kam ihm nur so vor, weil seine Augen sich an die totale Finsternis gewöhnt hatten. Zu Tode erschrocken, blinzelte er in die Flamme. Sie kam von einem brennenden Streichholz, das der verdammte Naseweis namens Fynn in der Hand hielt. Er stand direkt neben der Zeitmaschine und grinste Hanselmann frech an. »Haben Sie sich auf dem Weg zum Klo verirrt?«, fragte er.

27

Im Licht der Streichholzflamme sah Fynn, wie Hanselmann auf der Suche nach einem Ausweg hektisch nach links und rechts spähte.

»Kommen Sie der Zeitmaschine keinen Schritt näher«, sagte er.

»Du kannst mir nicht drohen, Junge«, knurrte Hanselmann.

»Er nicht, aber ich«, versetzte Vidocq, der wie vereinbart in einem Versteck zwischen den Fässern gewartet hatte und nun hinter Hanselmann auftauchte. Er packte den Erfinder kurzerhand mit einer Hand im Genick und mit der anderen am Handgelenk. Dann drehte er ihm die Hand auf den Rücken. »Hab ihn, Fynn«, sagte er. »Gut gemacht, mein Freund. Gut, dass du misstrauisch warst. Und ein guter Plan, sich hier zu verstecken und auf den Schuft zu warten.«

»Haben Sie daher Ihre späteren Tricks?«, fragte Hanselmann gehässig. »Von einem kleinen Jungen?«

»Von einem kleinen Jungen, der Ihnen aber ganz gehörig die Tour vermasselt hat«, erwiderte Vidocq gelassen. »Was war denn Ihr Plan? Mit der Zeitmaschine abhauen und uns hier zurücklassen, dem Kalmar und der offenen See ausgeliefert? Sie sind ein gewissenloser Verräter.«

»Und Sie sind jetzt schon der Narr, der Sie später auch sein werden.«

Fynn fummelte mühsam ein zweites Streichholz aus der gewachsten Schachtel, die in der Kabine des Kapitäns gelegen hatte. Er wollte es anzünden, bevor das erste abgebrannt war. Er fürchtete, dass Hanselmann in der Dunkelheit irgendwie versuchen würde, sich zu befreien.

Vidocq erkannte, was Fynn vorhatte. »Keine Sorge«, beruhigte er ihn. »Er entwischt mir nicht. Ich hab bei einem Freund ein paar Stunden Savate-Unterricht genommen.«

Fynn war nicht überzeugt, aber es blieb ihm keine Wahl. Die Streichhölzer waren zu unhandlich. Er blies das erste aus und zündete sofort das zweite an der Reibfläche an. Die Flamme erblühte und blendete Fynn.

Das Nächste, was er sah, war Eugène Vidocq, der mit weit aufgerissenen Augen und offenem Mund auf ihn zutaumelte, offenbar mit einem Riesenschwung in Fynns Richtung befördert. Vidocq krachte in Fynn hinein und holte ihn von den Füßen. Das Streichholz flog davon und erlosch. Fynn wurde die Luft aus den Lungen gepresst. Er und Vidocq prallten gegen eines der Fässer im Frachtraum. Der Aufprall war so hart, dass Fynn Sterne sah. Er sackte zusammen und fiel auf Vidocq, der dabei mit dem Hinterkopf auf die Planken knallte.

Fynn hörte noch das triumphierende Lachen Hanselmanns. »Savate, Sie Trottel!«, rief der Erfinder. »Dachten Sie etwa, nur Sie hätten das gelernt? Ich habe bei Casseux trainiert!!«

Fynn versuchte sich aufzurappeln. Er hörte, wie Hanselmann sich unter den Ring der Zeitmaschine schwang, hörte die Federn des Sofas knarren. Er wollte »Nein!« schreien, aber er bekam immer noch keine Luft. Vidocq wollte sich ebenfalls freistrampeln, um den Erfinder aufzuhalten, aber er und Fynn waren sich gegenseitig im Weg.

SHHH-ZAMMM!

Die Zeitmaschine verschwand in einem grellen Blitz, der den Anblick des Lagerraums mit seinen Fässern und Kisten und nassen Balken und Spanten in Fynns Netzhaut einbrannte. Vor allem brannte er den leeren Fleck ein, der sich nun dort befand, wo die Zeitmaschine eben noch gestanden hatte.

Hanselmann hatte sein Ziel erreicht. Er hatte die Zeitmaschine gekapert. Und jetzt waren die Freunde und Vidocq diejenigen, die in der Zeit gestrandet waren.

Vidocq ächzte: »Casseux hat keine Ahnung von Savate!«

Fynn ließ sich zurücksinken. Nur das Wissen, dass der junge Vidocq einmal sein Ur-Ur-Ur-Ur-Ur-Uropa sein würde, hielt ihn davon ab, sich auf den Franzosen zu stürzen und ihm ins Gesicht zu brüllen: »Sie haben ihn entkommen lassen, Sie riesengroßer Depp!«

28

»Wenn man mit der Zeitmaschine schon nicht in die Zukunft reisen kann, um damit ein bisschen Geld zu verdienen, dann muss man eben in die Vergangenheit«, sinnierte Bernadette. Der Gedanke daran, dass Edgar Hanselmann womöglich auf einer Art Gelddruckmaschine saß und sie nicht nutzte und stattdessen Gefahr lief, seine Antiquitätenhalle zu verlieren, ließ sie nicht mehr los. Auf ihre übliche zupackende Art dachte sie über eine Lösung nach der anderen nach.

»Man könnte zum Beispiel zurückreisen und heimlich Fotos von irgendwelchen wichtigen geschichtlichen Ereignissen machen. Oder von Personen. Stellen Sie sich mal vor – ein echtes Foto von Kaiser Barbarossa! Oder ein Video von Julius Caesar. Oder ... oder ...«

»Gleich werden Sie ein Fotoshooting mit einem Neandertaler vorschlagen«, brummelte Hanselmann.

»Ja – und warum nicht? Was glauben Sie, wie viel Geld man damit verdienen könnte?«

»Und wenn sich rausstellt, dass Kaiser Barbarossa gar keinen roten Bart hatte und wie ein würdiger Kaiser aussah, sondern ein kahlköpfiger Schwächling war? Oder dass Julius Caesar in Wahrheit fünfzig Kilo Übergewicht hatte?«

»Ja, ja – oder dass der Neandertaler einem die Kamera wegnimmt und auffrisst. Mein Gott, wenn man für jede Lösung ein Problem findet ...!«

»Das ganze Zeitreisethema ist ein einziges Problem«, seufzte Hanselmann. Er trug einen zwanzig Zentimeter hohen Stapel aus Dokumenten und Belegen, die er in der letzten halben Stunde mühevoll sortiert hatte, zu einem Stuhl und legte ihn vorsichtig dort ab. »Ihre Vorschläge würden im Endeffekt bedeuten, dass die Existenz der Zeitmaschine bekannt würde. Und was glauben Sie, was dann los wäre? Jeder würde das Ding haben wollen, jeder würde es benutzen. Alle Regierungen der Welt – und alle Verbrecherorganisationen der Welt – würden sich die Maschine unter den Nagel reißen wollen. Jeder Diktator, jeder Kriegsherr, jeder Fanatiker, jeder Terrorist. Keiner würde etwas Gutes damit anstellen, schon gar nicht diejenigen, die verkünden, sie würden sie zum Besten der Menschheit einsetzen.«

»Sie haben aber eine sehr düstere Weltanschauung …«, erwiderte Bernadette. Hanselmann achtete nicht auf ihren Einwurf.

»Und was glauben Sie, würde aus dem Besitzer der Zeitmaschine werden? Er wäre so schnell aus dem Verkehr gezogen …« Er schnippte mit den Fingern.

Es war wie ein Signal. Auf einmal ertönte ein dumpfer, lauter Knall wie von einem großen zerplatzenden Luftballon, und ein Windstoß fegte Hanselmanns noch nicht sortierte Blätter vom Schreibtisch auf den Boden. Seine Kaffeetasse kippte um, und der kalte Kaffee ergoss sich über den Taschenrechner, ehe sie vom Tisch rollte und auf dem Boden zerbrach. Die sorgfältig auf dem Stuhl abgelegten Dokumente flogen in alle Richtungen auseinander, als wäre in ihrer Mitte etwas explodiert. Stattdessen saß auf dem Stuhl, eingehüllt in hinabsegelnde Rechnungsbelege und Kontoauszüge, ein Mann, der sich mit wildem Gesichtsausdruck umsah.

»Wann bin ich?«, rief er. »Wann bin ich?«

29

»Sie haben mir gar nicht gesagt, dass Sie einen jüngeren Bruder haben«, meinte Bernadette. Ihr Blick flog zwischen Hanselmann und dem Neuankömmling hin und her. Die beiden sahen sich erstaunlich ähnlich, nur, dass der Fremde keinen Bart trug, dafür aber buschige Koteletten bis zu den Kinnbacken herunter; und um zehn Jahre jünger wirkte als Hanselmann. Was allerdings keine große Leistung war, denn so zerknittert, wie der Antiquitätenhändler zurzeit aussah, hätte sogar eine alte Schildkröte neben ihm jugendlich gewirkt.

Der Fremde hatte die bizarrste Kleidung an, die Bernadette je gesehen hatte. Er trug einen pech- und ölgetränkten, altmodischen Schiffsmantel, darunter eine knielange Tunika und Sandalen. Mit weit aufgerissenen Augen blickte er um sich. Zu seinen Füßen bildete sich eine Wasserlache, in die Hanselmanns Rechnungsbelege fielen. Ganze Kolonnen von falsch addierten Zahlen begannen sich aufzulösen.

»Wer zum Geier sind Sie denn?«, fragte Hanselmann, nachdem er endlich daran gedacht hatte, seinen Mund wieder zuzuklappen. »Und wo kommen Sie her?«

Der Fremde sprang auf. »Ist sie hier? Sie muss hier sein! Sie setzt mich immer in der Nähe ab. Wo ist sie?« Die Worte überschlugen sich förmlich in seinem Mund.

»Von wem reden Sie denn?«

Der Fremde plumpste wieder auf den Stuhl und griff sich an den Kopf, als ob ihm schwindlig wäre. Er schüttelte sich und schlug sich gegen die Stirn. Dann blickte er auf. »Wer sind Sie?«, fragte er. »Was haben Sie hier zu suchen?«

»Das sollten wir wohl besser Sie fragen!«, stieß Hanselmann hervor.

Der Fremde kam schwankend auf die Beine. »Was ist das hier? Ist das ein Lager? Wer sind Sie?« Er fasste Bernadette ins Auge und schüttelte sich noch einmal, aber diesmal vor Schreck. »Lieber Himmel, eine alte Schachtel in Hosen!«

Bernadette blieb die Spucke weg. Der Fremde fuhr herum und packte den erschrockenen Hanselmann am Kragen. »Wo ist sie?«, keuchte er. »Wo ist die Zeitmaschine?«

Hanselmann, der sich hatte losmachen wollen, starrte seinen ungebetenen Gast an. »Die Zeitmaschine?«

Der Fremde stieß ihn gegen den Tisch. »Sind in der Zukunft alle verblödet?«, rief er und rannte aus dem Kabuff hinaus und in die Halle hinein. Hanselmann und Bernadette blickten sich verwirrt an, dann setzten sie ihm nach. Der Fremde in dem seltsamen, wassertriefenden Aufzug rannte, so schnell er konnte.

»Haben Sie zufällig ein Bild Ihres Urahns, dieses Pierre Hanselmann?«, keuchte Bernadette.

»Nein, wieso?«, keuchte Hanselmann zurück.

»Weil ich glaube, dass er das ist. Und dass er mit der Zeitmaschine gekommen ist. Und das wirft die wichtigste Frage von allen auf ...«

Sie folgten dem Fremden um eine Ecke und standen vor der Zeitmaschine, die unberührt und schimmernd dastand wie immer. Der Fremde ließ sich vor ihr auf die Knie fallen. »Gott sei Dank!«, stieß er hervor.

»… wo sind die Kinder, Sie Witzfigur?«, rief Bernadette. Sie war stehen geblieben und stemmte die Hände in die Hüften. »Die alte Schachtel in Hosen wird Ihre traurige Gestalt gleich umkrempeln wie eine Socke, wenn Sie nicht sofort sagen, was aus den Kindern geworden ist!«

Der Fremde reagierte nicht. Er schlüpfte keuchend unter die Zeitmaschine. Bernadette und Hanselmann hörten ein paar Federn und Verschlüsse schnappen, dann sprang plötzlich an der Vorderseite der Zeitmaschine ein Türchen auf, das vorher nicht zu sehen gewesen war. Der Fremde wand sich unter dem Apparat hervor und fasste in das Fach hinter dem Türchen. Sein Gesicht war angespannt, dann erstrahlte es plötzlich in einem erleichterten Grinsen. »Alles da!«, rief er.

Hanselmann trat auf ihn zu. »Gehen Sie sofort von der Maschine weg und beantworten Sie die Frage, oder … äh, ich werde selbstverständlich nicht darauf bestehen, dass Sie sofort aufstehen. Lassen Sie sich ruhig Zeit.«

Er hob die Hände. Den zweiten Teil des Satzes hatte er gesagt, weil der Fremde einen Revolver aus dem Fach gezogen und auf ihn gerichtet hatte. Die Waffe zitterte in der Hand des Fremden, aber er konnte damit umgehen, denn er zog den Hahn zurück und legte den Finger auf den Abzug. Hanselmann hob die Hän-

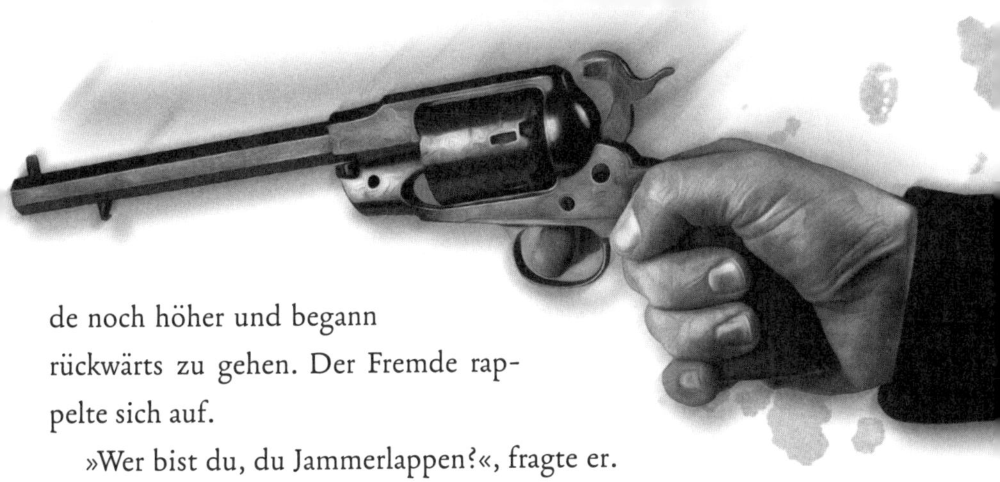

de noch höher und begann rückwärts zu gehen. Der Fremde rappelte sich auf.

»Wer bist du, du Jammerlappen?«, fragte er. »Bist du einer meiner Nachfahren? Lieber Himmel, dass mein Blut mal so dünn würde, dass so was wie du dabei entsteht!!«

Er bückte sich, ohne den Antiquitätenhändler aus den Augen zu lassen, und zog eine dicke Ledertasche aus dem Fach heraus. Sie schien schwer zu sein. Er hob sie hoch und drückte sie an sich. Dann schritt er mit ausgestrecktem Revolver auf Hanselmann zu. Dieser wich rückwärtsgehend aus.

»Gehört dir der Laden hier? Hast du Geld in der Kasse? Mach sie auf, aber ein bisschen plötzlich. Dein Urgroßvater holt jetzt eine Schenkung ab.«

»Sie ... sind ... Pierre Hanselmann?«, stotterte Edgar Hanselmann. »Nehmen Sie die Waffe runter, Sie Wahnsinniger, ich bin wirklich Ihr Urenkel! Ur-Ur-Ur-Urenkel!«

»Ich schäme mich nachher dafür, wenn ich Zeit habe. Die Kasse. Jetzt!«

Pierre drehte sich um, als er hinter sich ein »Ha!« und dann ein »Kchchch!« hörte. Dann ertönte ein »Uff!«, aber das kam schon von ihm, weil ihn Bernadettes seitlicher Fußtritt mit voller Wucht in die Magengrube traf. Er krümmte sich zusammen. Der Revolverpolterte zu Boden. Bernadette stand, ohne zu wackeln, auf dem linken Fuß, dann richtete sie sich auf, zog das ausgestreckte rechte Bein zu sich heran und setzte den Fuß auf ihrem linken Knie ab. Ihre Hände falteten sich vor der Brust, ihre Augen schlossen sich.

Pierre Hanselmann streckte sich stöhnend. Sein Gesicht wurde rot vor Wut. Er machte einen Schritt auf Bernadette zu, um sie zu packen. Bernadettes rechter Fuß kam in einem schnellen Vorwärtsschritt nach unten, ihre rechte Hüfte zuckte nach vorn, und ihre rechte Faust schoss wie das Ende einer Peitsche auf Hanselmanns Gesicht zu und traf ihn genau zwischen die Augen.

Hanselmann stolperte zurück. Die Ledertasche fiel mit einem metallischen Klirren auf den Boden. Hanselmanns Augen rollten nach hinten und seine Knie überkreuzten sich, ehe er auf den Hintern plumpste.

Bernadette zog den linken Fuß an den rechten heran und stellte beide auf den Boden. Dann legte sie die rechte Faust in die Fläche der linken Hand und streckte beide wie einen Gruß in Richtung Pierre aus.

Pierre versuchte etwas zu sagen, aber dann kippte er wie ein Sack Kartoffeln nach hinten um und blieb regungslos liegen.

Bernadette verbeugte sich und sagte ganz ruhig: »Dritter Yudansha-Duan. Wer ist hier eine alte Schachtel, Sie Dinosaurier?« Dann sah sie Edgar Hanselmann in die Augen, der noch immer mit erhobenen Händen und offenem Mund dastand. »Schaffen Sie die Knarre weg und holen Sie Kabelbinder, damit wir Ihren Urahn fesseln können. Worauf warten Sie noch?«

»Sie haben ihn ...«, begann Hanselmann.

Bernadette funkelte den besinnungslosen Pierre an. »Alte Schachtel! Pah!«

»... Sie haben ihn k. o. geschlagen!«, brachte Hanselmann heraus.

»Und Ihnen trete ich gleich in den Hintern, wenn Sie nicht tun, was ich Ihnen sage. Wenn der Kerl hier ist, heißt das, dass die Kinder ohne die Zeitmaschine in der Vergangenheit sind. Wir müssen sie sofort wieder zu ihnen zurückschicken, aber vorher will ich Ihren Urahn verschnürt wie ein Weihnachtspaket hier liegen haben.«

Hanselmann eilte davon, vollkommen erschüttert. Den Revolver vergaß er. Bernadette nahm ihn an sich, klappte den Hahn zurück und ließ ihn dann über den Boden schlittern, damit er außer Reichweite war. Sie hob die Ledertasche auf, öffnete sie und blickte hinein. Sie blinzelte. Sie machte sie wieder zu. Sie machte sie wieder auf und schaute nochmals hinein. Der Inhalt war immer noch da.

Hanselmann hastete mit einer Handvoll Kabelbinder herbei. Er stockte, als er Bernadettes Gesicht sah. »Was ist passiert? Sie sind ganz blass!!«

Bernadette winkte zerstreut ab. »Alles gut, alles gut«, sagte sie wie im Traum. Sie legte die Tasche vorsichtig beiseite. »Binden Sie ihm Hand- und Fußgelenke zusammen. Und dann schicken wir den Kindern die Zeitmaschine zurück.«

30

Die vier Freunde und Vidocq hielten eine Krisensitzung im Deckshaus ab. Es war der einzige Ort auf dem Schiff, der nicht stockduster war. Dort schaffte das trübe Sternenlicht immerhin so viel Helligkeit, dass die Freunde gegenseitig ihre Gesichter erkennen konnten – und derjenige, der auf das Steuer aufpasste, in diesem Fall noch immer Cornelius, konnte bei der Besprechung dabei sein.

»Das ist jetzt aber nicht dein Ernst, Alter«, sagte Lena, nachdem Fynn den anderen die Neuigkeit mitgeteilt hatte.

»Leider doch«, sagte Fynn.

Lena schluckte. Cornelius begann flach und heftig zu atmen. »Hanselmann hat die Zeitmaschine geklaut?«, brachte er hervor. Seine Stimme klang ganz piepsig. Er blickte über die Schulter zu den anderen herüber. Fynn war sich nicht sicher, ob er in diesem Moment das Steuerruder hielt – oder ob er es brauchte, um sich daran festzuhalten.

»Wir holen sie wieder zurück!«, rief Vidocq kriegerisch.

»Und wie soll das gehen?!«, schrie Cornelius. Er spürte Panik in sich hochsteigen. »Der schickt sie uns doch nie und nimmer freiwillig zurück!«

»Irgendwas wird uns schon einfallen«, sagte Fynn lahm. Er versuchte es sich nicht anmerken zu lassen, aber auch er hatte wahnsinnige Angst. In so einer Lage waren sie noch nie gewesen.

Ganz egal, was ihnen auf den letzten beiden Abenteuern auch zugestoßen war, am Ende hatten sie immer die Zeitmaschine zur Verfügung gehabt, um in ihre Zeit zurückzukehren.

»Glaubt ihr, ich hab Lust, im 19. Jahrhundert zu bleiben?«, rief Cornelius. »Meine Mum ... meine Oma ... ich werde keine von ihnen wiedersehen.« Er wollte die Tränen unterdrücken, aber es gelang ihm nicht, und er wandte sich ab, damit die anderen nicht sahen, dass er vor Schreck und Angst zu weinen begonnen hatte.

»Wir bleiben eh nur dann im 19. Jahrhundert, wenn uns jemand von diesem Wrack rettet!«, sagte Lena düster. »Wie war das noch mal, Fynn? Als das andere Schiff die Mary Celeste fand, war keine Menschenseele an Bord?«

»Hör auf«, bat Franzi. »Es ist schon schlimm genug.«

»Es ist super-hyper-über-mega-monsterkacke!«, sagte Lena.

»Haben Sie eine Idee, Herr Vidocq?«, fragte Fynn.

Der junge Franzose zuckte mit den Schultern. »Vielleicht hätte ich eine in dreißig Jahren, wenn ich der beste Detektiv der Welt bin.«

Lena konnte es trotz ihrer Beklommenheit nicht lassen. »Der erste, nicht der beste«, verbesserte sie.

»Aber wir müssen doch irgendwie zurückkommen!«, heulte Cornelius.

»Keine Sorge, wir schaffen das!«, sagte Fynn und wusste selbst, wie hohl seine Worte klangen. Er wechselte einen Blick mit Franzi. Die Zwillinge konnten die Furcht und Ratlosigkeit des anderen spüren.

»Vielleicht schickt Hanselmann sie uns ja zurück, wenn ihm seine Flucht geglückt ist«, murmelte Franzi.

»Dann wär sie doch schon längst wieder da!«, stieß Lena hervor. »Das ist 'ne Zeitmaschine, Alter, die kann er so einstellen, dass sie in derselben Sekunde wieder auftaucht, in der sie verschwunden ist.«

Cornelius rief: »Und wer sagt uns, dass sie nicht schon da ist? Habt ihr denn schon im Lager nachgeschaut?«

»Ja, kurz bevor wir uns hier getroffen haben«, sagte Fynn. »Aber wir können gern noch mal schauen, wenn's dir hilft.«

»Ja, es würde mir helfen!«, erwiderte Cornelius mit Nachdruck.

Vidocq rappelte sich auf. »Ich geh mal nachgucken«, seufzte er und fügte in dem Versuch, einen Scherz zu machen, hinzu: »Rennt nicht weg.«

»Monsterritzmäßig witzig«, knurrte Lena.

31

Bernadette drängte Edgar Hanselmann beiseite. »Jetzt lassen Sie mich mal ran!«, verlangte sie.

»Sie werden es auch nicht hinkriegen«, murmelte Edgar. »Ich weiß nicht, was los ist. Sie geht nicht mehr.«

»Geht nicht, gibt's nicht!«, versetzte Bernadette. »Hier – der

Hebel. Finger weg, das mach ich jetzt. Haben Sie die Zeit richtig eingestellt?«

»Sie ist die ganze Zeit schon richtig eingestellt.«

»Sie werden sehen, jetzt funktioniert's! Es braucht das technische Feingefühl einer Frau dazu! Achtung – fertig – Feuer!« Sie zog an dem Hebel, der die Zeitmaschine normalerweise in die Vergangenheit schickte.

»Und ab durch die Mitte!«, rief sie.

»Flieg los, kleine Zeitmaschine!«, rief sie.

»Energie!«, rief sie.

»Hypersprung einleiten!«, rief sie.

»Hei-ho, Silver, lauf!«, rief sie.

Die Zeitmaschine rührte sich nicht.

»Hau ab, du blödes Ding!«, schrie Bernadette, schon etwas heiser, und trat gegen die Seitenwand des Sofas.

Die Zeitmaschine rührte sich erst recht nicht.

Bernadette stand mit hängenden Schultern da und betrachtete den Apparat. Dann fuhr sie zu Hanselmann herum. »Die Bedienungsanleitung. Wo haben Sie die hingeschlampert?«

Hanselmann, der sie die ganze Zeit über in der Hand gehalten und darin auf der Suche nach einer Lösung herumgeblättert hatte, reichte sie ihr stumm.

»Die ist ja immer noch unleserlich. Und immer noch auf Französisch!«

»Mein Übersetzungsbüro kommt mit der Arbeit nicht hinterher«, sagte Hanselmann ungnädig.

Bernadettes Energie verpuffte und machte langsam einer großen Angst um die Kinder Platz. »Was tun wir denn jetzt?«

Was sie bisher getan hatten, war, die Einstellung der Zeitmaschine sicherheitshalber neu auf die Koordinaten zu fixieren, mit denen die Kinder abgereist waren. Dann hatte Edgar Hanselmann am Hebel gezogen. Nichts hatte sich getan. Die Zeitmaschine weigerte sich hartnäckig anzuspringen. Er hatte heftig und sanft am Hebel gezogen, er hatte schnell und langsam daran gezogen, er hatte die Koordinaten dreimal neu eingestellt, er hatte nochmals auf alle Arten an dem Hebel gezogen, auf die man an einem Hebel ziehen konnte – nichts.

Sie traten beide von der Zeitmaschine zurück. Bernadette griff unwillkürlich nach Edgar Hanselmanns Hand und drückte sie. »Großer Gott, die Kinder ...«, sagte sie mit trockenem Mund. Auf einmal stieg Zornesröte in ihr Gesicht. »Das ist nur Ihre Schuld, Sie verantwortungsloser Schuft ...«

Sie wirbelte zu dem gefesselten Pierre Hanselmann herum und stockte. Ihre Wut war so groß, dass sie den Bewusstlosen möglicherweise getreten hätte, doch da sah sie, dass Pierre gar nicht mehr bewusstlos war.

Seine Augen glitzerten im Zwielicht der Halle. Er musterte sie und Edgar stumm.

»Ihr habt beide keine Ahnung!«, sagte er vorwurfsvoll. »Spielt mit Dingen herum, die ihr nicht mal ansatzweise versteht!«

Bernadette beugte sich zu Pierre hinab. »Dann erklären Sie sie uns!«, zischte sie.

»Warum sollte ich? Ihr habt mich gefesselt. Und Sie haben mich bewusstlos geschlagen!«

»Sie haben mich eine alte Schachtel genannt!«

»Sind Sie denn keine?«

Bernadette lächelte, aber es war kein freundliches Lächeln. »Ich bin die alte Schachtel, die Ihnen den Hintern so richtig versohlt hat!«

Pierre seufzte. »Auch wieder wahr.«

»Helfen Sie uns, die Zeitmaschine zu den Kindern zurückzuschicken!«

Pierre schien nachzudenken. »Meine Hilfe hat einen Preis.«

»Welchen?«, fragte Edgar, der näher getreten war und seinen Urahn mit einer Mischung aus Faszination und Abscheu betrachtete.

»Ihr müsst meine Fesseln lösen.«

Edgar und Bernadette wechselten einen langen Blick. Edgar nickte. »Ich hole einen Cutter.«

Bernadette sagte zu dem gefesselten Pierre: »Wenn Sie versuchen, uns reinzulegen, werden Sie sich wünschen, mit der Zeitmaschine direkt einem hungrigen T. Rex vors Maul gereist zu sein. Denn was der mit Ihnen anstellt, wäre ein Klacks, verglichen mit dem, was Sie von mir erwarten können.«

»Das glaube ich Ihnen sogar«, sagte Pierre.

Als seine Fesseln gelöst waren, sagte er als Erstes: »Wo ist die Ledertasche?«

»Was ist denn in dem Ding so Wichtiges drin?«, fragte Edgar.

»Nichts, nichts«, winkte Bernadette ab. Ihr Gesicht war finster, als sie Pierre die Tasche aushändigte.

»Danke vielmals«, sagte Pierre spöttisch.

»Und jetzt – stellen Sie die Zeitmaschine so ein, dass die Kinder wieder mit ihr zurückreisen können.«

Pierre ging einmal um die Zeitmaschine herum. Er schüttelte ein paarmal den Kopf, wischte hier ein Staubkorn weg und klopfte dort auf das rote Polster des Sofas. Schließlich hatte er den Apparat umrundet und stand wieder davor.

»Die Sache ist die«, sagte er und machte eine bedeutungsvolle Pause. »Man kann die Zeitmaschine nicht ohne Passagier irgendwohin schicken. Sie muss immer jemanden dabeihaben, der sie im Notfall vor Schaden schützen kann.«

»Was?«

»Ist doch wohl klar, oder? Diese Maschine ist der wertvollste Apparat der Welt. Wer würde ihn schon ungeschützt irgendwohin schicken? Das könnt ihr euch doch denken!«

Bernadette straffte sich. »Na gut. Das ist ja einfach. Senden Sie mich mit dem Ding zu den Kindern.«

»Wollen Sie dort bleiben?«, fragte Hanselmann.

»Wieso?«

»Weil zu wenig Platz unter dem Ring ist, um Sie und vier Kinder wieder mit in die Gegenwart zu nehmen.«

Bernadette zögerte einen winzigen Augenblick. Edgar Hanselmann sagte: »Geht es nur darum, dass die Maschine ein Lebewesen erspüren muss? Kann man irgendein Tier mitschicken?«

Bernadette fuhr auf: »Ich lasse nicht zu, dass irgendeine Katze oder ein Kaninchen geopfert wird! Und auch keine Laborratte!«

»Ich dachte eher an ein Tier, das im Meer lebt«, beruhigte Edgar sie. »Die Kinder können es ins Wasser werfen, sobald es ankommt, und haben damit auch noch einem Tier die Freiheit geschenkt. Ich denke zum Beispiel an die Langusten in dem Spezialitätenrestaurant zwei Ecken weiter ...«

»Es braucht einen Menschen«, unterbrach Pierre. »Oder denkt ihr, eine Languste könnte im Notfall verhindern, dass die Zeitmaschine beschädigt wird? Ein bisschen Hirn könnt ihr mir als Konstrukteur der Maschine schon zutrauen.«

Bernadette sagte: »Als Sie meinten, Ihre Hilfe mit der Zeitmaschine habe einen Preis, hatte das eine doppelte Bedeutung. Das verstehe ich jetzt.«

»Ich werde gehen!«, sagte Edgar.

»Kommt nicht infrage!«, widersprach Bernadette heftig.

»Ich bin die logische Wahl«, erklärte Edgar. »Ich habe keine Familie, niemand würde mich vermissen, ich stehe kurz vor der Pleite und weiß ohnehin nicht, wie es mit mir weitergeht ... und ich wollte schon immer mal eine Seereise auf einem Segelschiff machen ...!« Er grinste schief.

»Sie sind verrückt«, sagte Bernadette.

Pierre sagte: »Entscheidet euch. Ich helfe euch, die Zeitmaschine dorthin zurückzusenden, wo die Kinder sind, und dann – auf Nimmerwiedersehen.« Er klopfte auf die Ledertasche. »Hier drin ist alles, was ich brauche, um in eurer Zeit glücklich leben zu können. Und jetzt: Darf ich bitten? Ich hab nicht ewig Zeit.« Er lachte. »Hahaha. Der war gut. Ich hab ewig Zeit! Ich habe eine Zeitmaschine gebaut. Wer hindert mich daran, noch eine zu bauen?«

»Ich gehe«, sagte Edgar.

»Nein, ich gehe«, sagte Bernadette.

»Gott, mir wird übel bei diesem ganzen Edelmut«, sagte Pierre.

»Ich hab eine Idee, wie wir das lösen«, rief Bernadette.

32

Im Deckshaus der Mary Celeste herrschte eine düstere Stimmung. Keiner sagte mehr etwas. Cornelius starrte stumm über das Steuerrad hinweg. Er hatte den Freunden den Rücken zugekehrt und dachte nach. Vidocq ging mit kurzen Schritten hektisch auf und ab und hieb wütend mit der Faust Löcher in die Luft. Lena und Franzi saßen eng aneinandergeschmiegt auf dem Boden. Fynn hockte neben ihnen und zermarterte sich den Kopf nach einem Ausweg.

»So langsam wird's Tag«, unterbrach Vidocq die Stille. »Wenigstens sehen wir dann wieder was.«

»Ich hab jetzt schon monsterkrass genug von dem, was wir da sehen«, stieß Lena hervor. »Meer – kaputtes Schiff – Himmel – Meer – noch mehr Meer – noch mehr kaputtes Schiff ...«

Keiner erwiderte etwas darauf. Fynn spähte nach draußen. Im Osten lag ein hellgrauer Streifen über dem Meer. Dort würde demnächst die Sonne aufgehen. Fynn glaubte zu erkennen, dass das Wetter sich verschlechtert hatte; der Himmel schien sich mit Wolken überzogen zu haben. Die Mary Celeste glitt schon seit einiger Zeit etwas wackliger und ruppiger über die Wellen, und sie lag auch etwas schräg im Wasser, weil der aufgefrischte Wind in den Segeln sie zur Seite drückte. Niemand wusste, wie man dagegen ansteuern konnte oder was zu tun war, außer die Segel einzuholen, was keiner wagte.

Dann erhielt das Schiff einen Stoß, der nicht von einer besonders hoch aufgetürmten Welle stammte. Die Freunde und Vidocq sahen sich mit großen Augen an. Der nächste Stoß war so hart, dass Cornelius sich am Steuerruder festhalten musste.

»Unser Spielkamerad ist wieder da«, sagte Vidocq. »Wollt ihr unseren Freund immer noch von seinen Schmerzen befreien?«

Ein dritter Stoß ließ sie alle durcheinanderpurzeln. Cornelius war ebenfalls hingefallen, das Steuerrad drehte sich, und die Mary Celeste legte sich noch mehr in den Wind. Die Segel flatterten. Glasscherben und sonstiger Schrott rutschten über den schrägen Boden und auf die Freunde zu.

Vidocq sprang auf und packte das Steuerrad. »Macht was!«, rief er. »Egal was, aber macht was. Sonst versenkt uns das dämliche Vieh noch! Ich halte das Steuer!«

Fynn rappelte sich auf und rannte nach draußen. Er hatte eine Idee. »Helft mir!«, rief er. Sein Plan war, das Beiboot loszumachen und es von der Mary Celeste wegtreiben zu lassen. Vielleicht stürzte sich der Kalmar dann darauf und ließ das Schiff in Ruhe. Immerhin musste er ja auch erkannt haben, dass es die Harpunenkanone auf dem Boot gewesen war, die ihm Schmerzen zugefügt hatte. Und hatte er nicht bei der ersten Begegnung das Schiff auf der rechten Seite zu überholen versucht? Fynn war auf einmal überzeugt davon, dass der Kalmar versucht hatte, das an den Davits hängende Beiboot zu erreichen.

Die Freunde stolperten über das Deck. Der helle Streifen im Osten gab etwas Licht, sodass sie zumindest sehen konnten, wo sie hintraten. Seit Vidocq am Steuer war, hatte sich das Schiff wieder etwas aufgerichtet, das Deck hing nicht mehr ganz so schräg über dem Wasser. Fynn sah voller Grauen, wie Fangarme plötzlich über der Reling auftauchten und suchend umhertasteten. Die Fahrt des Schiffs verlangsamte sich abrupt. Der Kalmar schien das Schiff mit seinen Tentakeln festzuhalten.

Fynn rannte zu der Stelle, an der sie das Boot an der rechten Seite des Rumpfs mit der Reling vertäut hatten. Franzi, die wusste, was ihr Bruder vorhatte, war direkt hinter ihm. Aber sie kamen trotzdem zu spät. Cornelius und Lena beugten sich keuchend neben ihnen über die Brüstung. »Wo ist das Boot?«, stieß Cornelius hervor.

»Muss sich irgendwie losgerissen haben!«, rief Fynn.

»Monsterkacke«, schimpfte Lena. »Auf diesem Abenteuer funktioniert aber auch gar nichts so, wie es soll.«

»Das hast du die letzten beiden Male auch schon gesagt.«

»Aber diesmal stimmt es.«

Sie sprangen mit einem entsetzten Schrei zurück, als die Tentakel auch auf dieser Seite auftauchten und sich über die Reling wanden. Wenn sich irgendwo etwas Scharfes gefunden hätte, hätte sogar Lena versucht, auf die Fangarme einzuhacken, Tierliebe hin oder her. So rollte sie sich nur zur Seite und zog dann Cornelius in Sicherheit, als ein Fangarm krachend auf dem Deck aufschlug. Fynn und Franzi gingen ebenfalls in Deckung. Fynn trat mit dem Fuß gegen den Fangarm, erreichte aber nur, dass der Tentakel sich krümmte und seine Spitze sich blitzschnell um seinen Unterschenkel wand. Er schrie vor Schreck auf und fiel hin.

Cornelius trat auf der anderen Seite auf den Tentakel ein, und dieser ließ Fynn los und wandte sich gegen ihn. Cornelius duckte sich, als der Fangarm über ihm durch die Luft hieb, und sprang dann hoch, als er sofort danach über den Boden wischte. »Ich-hasse-Seilspringen!«, keuchte er.

Sie krabbelten zur Mitte, um den Fangarmen zu entkommen. Ein Tentakel packte einen geschlossenen Lukendeckel, riss ihn auf und ließ ihn aufs Deck poltern.

»Mann, ist der jetzt übel drauf!«, keuchte Lena.

»Zurück ins Deckshaus«, rief Fynn. Er konnte dort den vagen hellen Fleck erkennen, der Vidoqs Gesicht war. Der junge Franzose beobachtete wahrscheinlich voller Schreck, was an Deck geschah, wagte aber nicht, das Steuer loszulassen.

Das Schiff ruckte, dann neigte es sich abermals zur Seite. Die Masten knarrten. Taue schlugen durch die Luft. Der Kalmar musste sich jetzt mit seinem ganzen Gewicht an die rechte Seite des Rumpfs gehängt haben. Weitere Fangarme wanden sich an Deck und tasteten umher. Die Freunde versuchten, die linke Reling zu erreichen, um sich daran festzuhalten. Das Deck neigte sich immer mehr nach rechts. Lena schrie auf und begann über die Planken zu rutschen, auf die Steuerbordseite des Schiffs. Cornelius versuchte nach ihr zu greifen, verfehlte sie aber. Lena warf sich entsetzt herum und rutschte mit den Füßen voran gegen die Reling. Der Aufprall hätte sie beinahe über den Rand katapultiert. Sie rollte sich an der Reling zusammen und klammerte sich fest. Ihr Blick fiel auf die schäumende Wasseroberfläche unter ihr, aus der jetzt wieder der Körper des Kalmars auftauchte. Das Wasser strömte von ihm herab. Er rollte sich herum. Ein riesiges Auge starrte Lena an, in allen Regenbogenfarben schillernd, die Pupille ein gekrümmter schwarzer Schlitz. Atemlos sah Lena, dass direkt neben dem gigantischen Augapfel eine Harpune in der Haut des Kalmars steckte, so als ob ein Mensch eine Nadel in einem Augenlid stecken hätte. Das Auge war ganz nahe. Lena wusste nicht, ob es sie überhaupt erblickte, und falls ja, ob der Kalmar verstand, was er da sah. Über und neben sich spürte sie die Fangarme sich strecken und pulsieren, spürte sie über das Deck wimmeln. Sie selbst war so nahe an dem Tier, dass die Tentakel sie gar nicht er-

reichten. Ohne nachzudenken, fasste sie über die Reling, packte den Schaft der Harpune und zog an ihr.

Sie löste sich sofort aus dem Fleisch des Kalmars.

Der Tintenfisch rollte sich so schnell unter die Wasseroberfläche, als hätte ihn ein Blitz getroffen. Das Schiff schwankte wie wild. Die Tentakel peitschten um sich, rissen ein Segel herunter, zerrten es über Bord, als sie sich zurückzogen. Das Wasser schäumte und gischtete schwarz. Der Kalmar musste eine Tintenwolke ausgestoßen haben. Stinkendes Wasser spritzte hoch und durchnässte Lena.

Dann war auf einmal alles ruhig.

Der Kalmar war verschwunden.

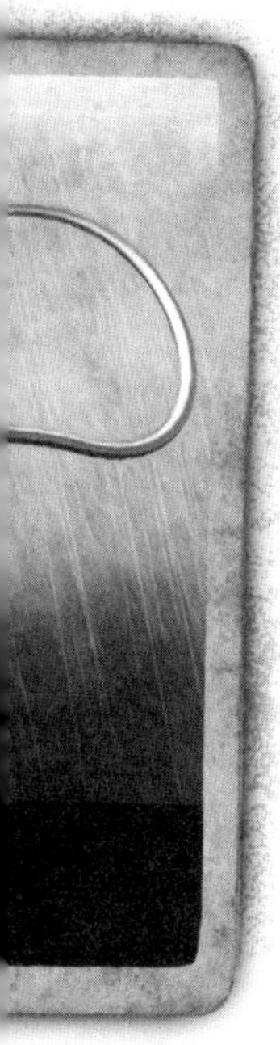

Lena lag schwer atmend an der Reling und starrte die schwere Harpune an. Wie hatte sie sie mit nur einer Hand herausziehen können? Jetzt konnte sie die Waffe nur mühsam mit zwei Händen hochheben! Die Panik musste ihr Bärenkräfte verliehen haben.

Die anderen warfen sich neben ihr auf die Planken. Fynn packte sie an den Schultern. »Bist du okay?«

»Ja«, sagte Lena, »ja, alles ritz.«

Sie drehte sich um und warf die Harpune über Bord. Sie platschte ins Wasser und versank.

»Warum hast du das getan?«, schrie Cornelius. »Das war die einzige Waffe, die wir hatten.«

»Hättest du mit ihr umgehen können?«

»Nein ...«, gab Cornelius zu.

Lena stand auf. Ihre Knie zitterten, aber zugleich fühlte sie ein irres Siegesgefühl. Sie hatte den Kalmar von einer der Harpunen befreit, und sie hatte ihn damit erst einmal in die Flucht geschlagen!

»Du hast ihn vertrieben«, sagte Franzi im selben Moment. »Ritz gemacht, Lena.«

»Ritz darf nur ich sagen«, sagte Lena, aber sie strahlte Franzi an.

»Der kommt bestimmt wieder«, unkte Cornelius.

»Ja«, sagte Fynn. »Aber ich habe jetzt eine Idee, wie wir ihn vielleicht ablenken können.«

33

»Es gibt nur eine sinnvolle Lösung für dieses Dilemma«, erklärte Edgar. »Und die ist, dass ich gehe.«

Bernadette ignorierte ihn. Sie kramte ihre Geldbörse hervor und holte eine Ein-Euro-Münze heraus. »Wo ist die her? Ah, Italien ... der vitruvianische Mensch von Leonardo da Vinci ...«

»Wollen Sie noch schnell was von diesem Plunder kaufen?«, fragte Pierre amüsiert und machte eine Handbewegung über Edgars Ware hinweg.

»Nein, ich will losen«, erwiderte Bernadette. »Sie, Pierre, stellen jetzt die Zeitmaschine so genau ein, wie Sie nur können. Dann werfen Sie diese Münze. Edgar ...«

»Ja?«

»Ist es in Ordnung, wenn ich ab jetzt Edgar sage?«

»Wie süß«, höhnte Pierre.

»So, wie es aussieht, werden wir ja nicht mehr lange die Gelegenheit haben, miteinander zu sprechen ... Bernadette«, seufzte Edgar. »Wenn ich weg bin, dann ... äh ... halt bitte auf den Antiquitätenmärkten Ausschau nach alten Briefen. Ich werde dir schreiben ...«

»Es ist noch nicht gesagt, wen von uns beiden das Los erwischt. Was wählst du – die Zahl oder das Leonardo-Symbol?«

»Mit Zahlen hatte ich noch nie Glück. Ich nehme das Symbol.«

»Gut. Pierre, was stehen Sie da herum? Stellen Sie die Maschine ein …«

»Sonst geschieht – was?«

»Sonst mach ich Ihnen Beine«, fuhr Bernadette ihn an, und obwohl er die Oberhand hatte, schien Pierre Hanselmann von Bernadettes Zorn genügend beeindruckt. Er machte sich daran, an den Rädern und Skalen der Zeitmaschine zu drehen, darunter auch an einigen, die Edgar Hanselmann bisher nie berührt hatte. Der Antiquitätenhändler räusperte sich verlegen, als ihm klar wurde, dass er die Bedienungsanleitung nur zur Hälfte verstanden hatte.

»Ich möchte, dass die Zeitmaschine genau eine Minute, nachdem Sie damit abgehauen sind, wieder bei den Kindern auftaucht«, befahl Bernadette.

»Das lässt sich nicht so genau einstellen«, erklärte Pierre. »Nicht, wenn das örtliche Ziel sich bewegt. Und das ist in diesem Fall die Mary Celeste. Ich muss der Maschine ein bisschen mehr Freiheit geben, das Ziel selbst zu finden.« Er dachte nach. »Ich stelle zwölf Stunden als mögliches Zeitfenster ein. Damit sind wir auf der sicheren Seite.«

»Das heißt ja, dass die Kinder einen halben Tag lang auf die Rettung warten müssen!«

»Es heißt auch, dass ich damit garantieren kann, dass die Zeitmaschine überhaupt auf dem Schiff ankommt«, erwiderte Pierre. »Oder wollen Sie damit im Wasser landen und fröhlich absaufen?«

»Tun Sie Ihre Arbeit«, brummte Bernadette, »und machen Sie keine blöden Bemerkungen.«

Edgar nahm Bernadette beiseite. »Wenn ich weg bin, wird der Inhalt dieser Halle versteigert werden. Es gibt eine Inventarliste, die ständig aktuell ist. Die Zeitmaschine steht da nicht drauf. Versprich mir, dass du sie in Sicherheit bringst, bevor die Auktion beginnt.«

»Das ist nicht nötig, weil du nicht gehen wirst«, sagte Bernadette mit fester Stimme.

»Ich war nicht nur immer schlecht im Umgang mit Zahlen, sondern hatte auch immer Pech bei Glücksspielen. Ich werde garantiert verlieren.«

»Ich sorge dafür, dass die Zeitmaschine nicht in die falschen Hände gerät«, versprach Bernadette.

»Danke.«

»Ich bin fertig«, rief Pierre und stand auf.

»Gut. Legen wir los.« Bernadette stapfte entschlossen zu Pierre Hanselmann, um ihm die Münze zu geben, und machte dabei ein so grimmiges Gesicht, dass dieser unwillkürlich einen Schritt zurücktrat, bis er mit dem Rücken gegen den schräg nach oben ragenden Ring der Zeitmaschine stieß. Edgar stellte sich neben Bernadette.

»Also – Zahl für mich, Symbol für Edgar. Kommt das Symbol obenauf zu liegen, hat Edgar gewonnen, und ich gehe. Liegt die Zahl oben, geht Edgar. Einverstanden?«

»Einverstanden«, sagte Edgar.

»Mir völlig egal«, meinte Pierre. »Bringen wir's hinter uns. Ach – geehrter Nachfahre ... falls es dich erwischt, dann erlaube mir doch jetzt gleich, dass ich mir aus deinem mottenzerfressenen Fundus etwas zum Anziehen entleihe.«

»Ich hab noch irgendwo ein paar Sträflings-Faschingskostüme, die können Sie gerne haben.«

»Ich lach mich tot«, sagte Pierre. »Seid ihr so weit? Achtung.« Er schnippte die Euro-Münze hoch in die Luft. Edgar sah ihr mit offenem Mund hinterher. Pierre ebenso.

Bernadette nicht. Sie rief: »Ha!«

34

»Als der Kalmar so nah am Schiff war, dass Lena ihm die Harpune rausziehen konnte, ist mir eine Szene aus einem Film eingefallen, den unsere Eltern mal über Weiße Haie gedreht haben«, sagte Fynn. »Das war da so ähnlich. Erinnert ihr euch? Der Besitzer des Boots, mit dem unsere Eltern zum Filmen rausgefahren sind, hat die Haie mit Ködern angefüttert, und noch während dein Papa«, Fynn sah Lena an, »filmte, tauchte plötzlich direkt am Boot ein Hai auf, riss das Maul auf, schnappte sich die Köder und tauchte wieder ab. Er war so nah, dass dein Papa ihm quasi direkt in den Schlund hineinfilmen konnte, und es sah so aus, als würde der Hai ihn mit so einem kalten Killerblick anstarren.«

»Der Kalmar hatte keinen Killerblick drauf«, protestierte Lena.

»Jedenfalls – vielleicht hat der Kalmar ja einfach nur Hunger? Vielleicht ist er durch seine Verletzungen nicht in der Lage, sich selbst genug Nahrung zu suchen? Die Vorratsräume der Mary Celeste sind jedenfalls voller Essen. Hängen wir ihm doch einen Köder hin. Einer von den Davits, an denen wir das Fangnetz aufgehängt hatten, ist noch heil. Wir hängen den Köder dort dran, und wenn der Kalmar versucht, ihn sich zu schnappen, können wir ihm vielleicht die restlichen Harpunen rausziehen. Dann ist er womöglich auch nicht mehr so sauer – und satt wird er hoffentlich auch.«

»Du willst ihn auch noch füttern als Dankeschön dafür, dass er uns ständig angreift?«, fragte Cornelius fassungslos.

»Ich will ihn vor allen Dingen loswerden«, sagte Fynn. »Und da ist mir fast jede Methode recht. Wer weiß, wie viele Angriffe das Schiff noch übersteht. Bis jetzt haben wir jedes Mal Glück gehabt, weil wir ihn schon nach kurzer Zeit vertreiben konnten.«

»Nehmen wir mal an, es klappt«, sagte Cornelius. »Wie geht's dann weiter? Wir können nicht mehr zurück, ist dir das klar?«

»Ja, das ist mir schon klar. Aber glaubst du nicht, dass deine Oma und Edgar Hanselmann Himmel und Hölle in Bewegung setzen werden, um uns zu retten?«

»Wenn sie keine Zeitmaschine haben, können sie uns auch nicht hier abholen. Und wenn sie uns nicht abholen können, versauern wir im Jahr 1872!«

Franzi legte den Arm um Cornelius' Schultern. »Soll das heißen, das Beste wäre, wir tun einfach nichts und lassen uns von dem Kalmar versenken, weil die beste Lösung wäre, dass wir ertrinken?«

Cornelius sah sie an. In seinen Augen standen Tränen. Er senkte den Kopf, als schämte er sich. »Nein, ist es natürlich nicht. Ich hab nur …«

»… schreckliche Angst, dass wir nicht mehr in die Gegenwart zurückfinden.« Fynn nickte. »Die hab ich auch.«

»Ich auch«, sagte Franzi.

»Und ich erst«, gestand Lena.

Cornelius sah von einem zum anderen. »Aber … man sieht euch die Angst nicht an. Fynn ist dauernd am Pläneschmieden, Franzi wirkt immer cool, und Lena … du hast dem Kalmar sogar noch eine der Harpunen rausgerupft, als du ihm so nah warst. Ich könnte nichts davon. Mir fällt keine Lösung ein, ich fühl mich überhaupt nicht cool, und das, was Lena getan hat, würde ich nie wagen …«

»Du kannst helfen, indem du dir überlegst, wie wir den Köder am besten anbringen – und was von den Vorräten an Bord dem Kalmar schmecken könnte.«

Cornelius zitterte. Franzi umarmte ihn fest. »Hilf uns bitte, Cornelius!«

Cornelius fühlte sich etwas getröstet, als er mit den anderen ins Deckshaus zurückkehrte. Dort nickte ihnen Vidocq der Reihe nach zu. »Wacker gehalten«, sagte er. »Was kommt als Nächstes?«

Sie schilderten ihm ihren Plan. Vidocq war der Ansicht, dass er nicht funktionieren würde, gab aber gleichzeitig zu, dass er auch keinen besseren hatte. Sie inspizierten die Vorräte der Mary Celeste und stellten fest, dass der Speiseplan der Besatzung ziemlich langweilig gewesen sein musste: Geräuchertes, Salzfleisch, eingelegter Fisch, Trockenpflaumen, Erbsen, Honig. Für die Brot- und Breizubereitung gab es Getreide, und in einer Kiste fanden sie Schiffszwieback.

»Ob der Kalmar davon was mag?«, fragte sich Lena zweifelnd. »Ich glaube, er findet Thunfisch ritz. Die Thunfische, die am Anfang aufgetaucht sind – wahrscheinlich hat er sie gejagt.«

Fynn starrte Lena an. Er erinnerte sich auf einmal an etwas, das ihm gleich nach ihrer Ankunft auf dem Schiff aufgefallen war. Sie gingen in den Frachtraum. Draußen sorgte zwar mittlerweile die Morgendämmerung für etwas Licht, aber im Inneren des Schiffs war es immer noch stockdunkel. Deshalb ließen sie sich von ihren Nasen leiten und folgten dabei dem Geruch nach verdorbenem Fisch. Schließlich stießen sie auf ein Fass, das im dunkelsten Teil des Frachtraums ganz hinten im Heck stand.

»Puh«, stöhnte Franzi. »Ist das der Schiffsabfalleimer? Der ist wohl zuletzt vor zehn Jahren geleert worden.«

»Eher vor hundert«, mutmaßte Lena, die sich die Nase zuhielt.

Sie hebelten den Deckel auf. Der Gestank wurde noch schlimmer. Die Freunde wichen zurück. Fynn opferte ein Streichholz und trat näher heran. Der Gestank war wirklich unerträglich. Fynn lächelte trotzdem, als er in das Fass schaute. »Genau!«, flüsterte er.

»Was ist da drin?«, fragte Lena aus sicherer Entfernung. »Und mach das Streichholz aus, bevor noch alles in die Luft fliegt …«

Fynn stemmte sich gegen das Fass, um es umzukippen. Doch es war zu schwer. Er brachte es nur leicht zum Wackeln, aber das war auch alles. Stinkiges Wasser schwappte heraus und traf ihn. Er verzog das Gesicht.

Auf einmal stand Cornelius neben Fynn und sagte: »Lass mich mal versuchen.«

Cornelius drückte mit aller Kraft die Füße gegen das Fass und stemmte sich dabei mit dem Rücken gegen die Bordwand. Das Fass ruckelte, dann hob es sich an, kippte langsam, langsam … und fiel um. Etwas Großes glitt heraus, eine Wolke aus erbärmlichem Fischgestank wallte auf. Das Fass rollte und schaukelte über die Planken. Die Freunde flohen zur nächsten Luke und streckten die Köpfe ins Freie, um frische Luft einzuatmen.

»Alter«, stöhnte Lena, »dagegen ist die Umkleide in meiner Schule das reinste Duftparadies.«

»Was habt ihr da unten gemacht?«, kam Vidocqs Stimme aus dem Deckshaus. »Puh, das stinkt ja wie der Pariser Fischmarkt im Hochsommer.«

»Was war in dem Fass?«, fragte Franzi.

»Ein ziemlich großer Fisch«, sagte Fynn. »Ich glaube, die Besatzung der Mary Celeste hat ihn gefangen. Ich nehme an, sie wollten ihn einpökeln oder so und haben ihn erst mal in das Fass getan, damit sie sich später mit ihm befassen konnten – und dann passierte das, was hier passiert ist, und niemand konnte sich mehr um den Fisch kümmern, und er gammelte tagelang in dem Fass vor sich hin.«

»Und jetzt soll der Fisch der Köder für den Kalmar sein«, sagte Cornelius.

»So hab ich's mir gedacht. Wir haben Glück, dass wir den Fisch haben. Mit Geräuchertem hätten wir dem Kalmar keinen Gefallen getan.«

»Aber mit 'nem Gammelfisch schon?«, rief Lena.

»Einen Versuch ist es wert.«

»Wovon ernährt sich so ein Kalmar überhaupt normalerweise?«, wollte Lena wissen.

»Muscheln, Schnecken, andere Kalmare, Fische ... Und wenn er groß genug ist, gibt's ab und zu 'ne Portion Pottwal ...«, vermutete Cornelius.

»Bäh«, machte Lena. »Ist ja gar nicht ritz, der Speiseplan. Ich nehme an, da kommt's auf ein Gammelfischmenü auch nicht an.«

Sie schafften den Fisch, der sich tatsächlich als Thunfisch herausstellte und ausgestreckt so lang war wie Franzi groß, mit vereinten Kräften an Deck. Die Seeleute der Mary Celeste hatten ihn bereits ausgenommen gehabt, was Fynns Vermutung stützte. Während Franzi und Lena das Steuer bewachten, schleiften Fynn, Cornelius und Vidocq den Fisch zu dem noch funktionsfähigen Davit. Sie banden einen Strick um den Schwanz und hievten den Thun dann hoch, bis er schließlich mit dem Kopf nach unten neben dem Rumpf der Mary Celeste baumelte. Eine übel riechende Flüssigkeit tropfte von ihm ins Wasser.

»Hoffen wir, dass ihn der Kalmar schnell wittert«, meinte Cornelius. »Sonst haben wir bald alle möglichen kleinen und großen Aasfresser am Hals.«

»Lösen Sie die Mädchen wieder ab, Herr Vidocq?«, fragte Fynn. »Wir beziehen hier an Deck Posten. Wenn der Kalmar kommt, haben wir nur die eine Gelegenheit, ihm die Harpunen aus dem Körper zu ziehen.«

Vidocq nickte. Schließlich standen sie zu viert aufgereiht neben dem toten Fisch an der Reling. Es war ein Glück, dass der Wind von achtern, also von hinten, blies und damit den schlimmsten Gestank von ihnen wegwehte. Sonst wäre es wahrscheinlich unerträglich gewesen. Es war auch so schon schlimm genug.

»Ich ess nie wieder Thunfischsalat«, sagte Franzi.

»Thunfisch soll man sowieso nicht essen, weil bei seinem Fang jede Menge Delfine mit in die Netze geraten und ertrinken«, erklärte Lena.

Sie warteten. Mittlerweile war es Tag geworden, ein grauer, wolkenverhangener Tag auf dem Atlantik. Das Schiff kämpfte sich durch die Wellentäler, während die Kinder Ausschau hielten nach plötzlich aus dem Wasser schießenden Tentakeln oder nach dem Wellenmuster, das ein riesiger Körper verursachte, der sich dicht unter der Wasseroberfläche näherte. Doch sie sahen nichts.

Dafür entdeckte Cornelius, der die anderen um einen Kopf überragte und anscheinend die besten Augen hatte, etwas anderes. Er starrte eine Weile mit zusammengekniffenen Lidern auf einen Punkt, dann war er sich sicher. »So ein Mist«, stöhnte er. »Das hat uns gerade noch gefehlt.«

35

Bernadette rief: »Ha!«

Gleichzeitig trat sie vor und ließ die flache Hand nach vorn schnellen. Sie traf Pierre Hanselmann mit voller Wucht in die Magengrube. Die hochgeworfene Münze fiel Bernadette auf den Kopf, aber sie achtete nicht darauf. Sie hatte ihre ganze Aufmerksamkeit auf Pierre gerichtet, der zurückstolperte, sich den Hinterkopf am Ring der Zeitmaschine anschlug, sich unwillkürlich duckte … und sofort einen Schubs von Bernadette erhielt, der ihn mit dem Hintern auf das Sofa im Zentrum des Zeitmaschinenrings plumpsen ließ. Die Zeitmaschine wackelte und wäre beinahe umgekippt, aber sie fiel wieder auf die Sofabeine zurück. Pierre ruderte mit den Armen, verlor beinahe die Ledertasche, griff danach …

Bernadettes und Edgars Hände trafen sich an dem Handgriff des roten Hebels. Beide rissen daran. Bernadette sah noch den entsetzten Gesichtsausdruck Pierres, als er begriff, was gleich passieren würde.

SHH-ZAMMMM!

36

Fynn wandte sich Cornelius zu, um zu fragen, was dieser entdeckt hatte. Doch da schrie Lena: »Der Kalmar! Er kommt!«

Das Tier kam heran mit einer Bugwelle, die es vor sich herschob wie einen Schild aus Wasser. Hinter diesem Wasserschild schimmerte es auf einmal in dumpfem Rot auf. Der Kalmar hatte seine Farbe gewechselt. Die Wasseroberfläche begann zu schäumen, Tentakel brachen hindurch wie monströse Schlangen und tauchten wieder unter. Starr vor Schreck malte sich Fynn aus, was er nur undeutlich erkennen konnte. Der Kalmar, der sich mit ausgestreckten und eng zusammengepressten Armen genähert hatte wie ein riesiger Torpedo, spreizte seine Tentakel nun und raste auf die Mary Celeste zu wie eine gewaltige, körperlose Hand, die Tentakel weit gespreizt zu einem Griff, der das Schiff zermalmen würde.

Cornelius stolperte von der Reling zurück. »Ich kann das nicht ...«, stammelte er.

Vidocq war auf einmal an seiner Seite, packte ihn bei den Schultern und schob ihn auf das Deckshaus zu. »Übernimm das Steuer, Schlauberger!«, rief er über das Tosen und Schäumen des Wassers hinweg. »Ich bleibe an deiner Stelle hier!«

Cornelius rannte zum Deckshaus. Die Mary Celeste, momentan steuerlos, drehte sich im Wind, aber Cornelius bekam sie wieder unter Kontrolle.

Vidocq sah zu Fynn, der ihm am nächsten stand. Er zuckte mit den Schultern. »Ich kann ihn ja verstehen«, schrie er. »Ich hatte als Kind eine heillose Angst vor Spinnen. Konnte keine zwei Meter auf sie zugehen. Und so ein Kalmar ist ja auch nichts anderes als eine riesige schwimmende Spinne.«

»Eigentlich ist ein Kalmar was total anderes«, sagte Fynn. Gegen seinen Willen musste er lächeln. »Wie sind Sie die Angst vor Spinnen losgeworden?«

»Überhaupt nicht. Mir ist nur klar geworden, dass die Viecher eine noch größere Angst vor mir haben.« Fünfzig Meter vom Schiff entfernt tauchte der Kalmar wieder unter, die Tentakel schossen aus dem Wasser heraus, ein dicker Strahl Tinte und Meerwasser sprühte wie eine Fontäne in die Höhe, dann kamen die Fangarme, die nun wirklich wie eine riesige, zehnfingrige Hand aussahen, direkt auf das Schiff zu. »Außer er dort!«, brüllte Vidcoq gegen den Lärm an. »Der hat vor nichts Angst!«

Der Kalmar griff nach dem Schiff. Seine Tentakel wanden sich um die Reling, um die Masten, tasteten über das Deck.

»Volle Deckung!«, schrie Fynn. Sie warfen sich auf die Planken, pressten sich der Länge nach an die Reling.

»Wir wollen dir doch bloß helfen, du monsterkrasses Monster!«, kreischte Lena. Fangarme fuhren über die Freunde und Vidocq hinweg, prallten mit dumpfem Laut auf das Deck, saugten sich fest, lösten sich wieder, hinterließen kreisrunde raue Stellen wie Sägenarben überall dort, wo die Saugnäpfe gewesen waren. Ein Tentakel erwischte die beim letzten Angriff herausgerissene Luke und schleuderte sie quer über das Deck. Einer stieß knallend gegen das Deckshaus. Glas splitterte, als eine Scheibe eingestoßen wurde. Fynn wollte sich nicht vorstellen, wie sich Cornelius dort am Steuer jetzt fühlen musste. Er sah den Fangarm, der das Glas eingedrückt hatte, zurückzucken, als die Glasscherben in die Tintenfischhaut schnitten. Die Mary Celeste rollte auf die Seite, da der gewaltige Körper des Kalmars mit aller Kraft dagegendrückte. Er würde das Schiff umwerfen. Es würde kentern!

Sie mussten etwas tun! Aber was? Wer immer von ihnen jetzt aufsprang, den würden die Tentakel sofort packen!

Dann hielten das Gewimmel und die hallenden Schläge gegen den Schiffsrumpf auf einmal inne. Einer der Tentakel hatte den Köderfisch gefunden. Lena, die dem Köder am nächsten war, sah mit weit aufgerissenen Augen zu, wie der Arm über den Körper des Thunfischs tastete und sich um ihn wickelte wie eine Schlange, die ihre Beute erwürgt. Die Mary Celeste schaukelte immer noch wild, doch es war nichts im Vergleich zu vorher. Die anderen Fangarme des Kalmars verhielten sich ganz ruhig. Es schien, als halte das Tier verblüfft inne.

Lena sprang auf. Jetzt oder nie!, dachte sie. Sie beugte sich über die Reling.

Sie sah zwei weitere Harpunen in der Haut des Kalmars stecken. Eine befand sich direkt unter ihr, die andere in der Mitte des lang gestreckten Leibs. Sie würden sie gleichzeitig herausziehen müssen, sonst hatten sie keine Chance. Sie versuchte den anderen etwas zuzurufen, aber sie brachte keinen Laut heraus. Sie gestikulierte hektisch.

Vidocq verstand, was sie wollte. Er schwang sich halb über die Reling und streckte eine Hand nach dem Harpunenschaft aus. Lena hängte sich über die Bordwand. Sie fühlte, wie jemand ihre Knie umklammerte und sie festhielt: Franzi!

Da war der Harpunenschaft, nass und glitschig. Über ihr tastete jetzt ein zweiter Fangarm den toten Thunfisch ab. Wasser tropfte auf sie herunter, vermischt mit Tinte und dem eklig stinkenden Zeug, das der tote Fisch absonderte. Lena streckte sich, so gut sie konnte. Sie bekam die Harpune zu fassen. Ihre rechte Hand schloss sich darum. Sie warf sich nach hinten und zog, fühlte, wie Franzi an ihr zerrte, um sie zurück über die Reling zu holen und ihr zu helfen.

Über den Körper des Kalmars ging ein Zucken, die rote Farbe seiner Haut flammte noch intensiver auf.

Die Harpune löste sich.

Einen Moment lang dachte Lena, sie würde über Bord gehen, doch dann wurde sie unsanft über die Reling gezerrt und landete auf dem Deck. Sie hörte die Harpune außen gegen den Schiffsrumpf prallen und dann ins Wasser platschen.

Der Kalmar rollte sich herum. Die beiden Tentakel rissen den Fischköder samt Halteseil von seiner Aufhängung herunter.

Es dauerte alles nur Augenblicke. Und es war zu schnell gegangen für Vidocq, der die zweite Harpune ergriffen hatte. Er konnte sie herausziehen, verlor dann jedoch das Gleichgewicht. Seine andere Hand rutschte an der nassen Reling ab, und er fiel, fiel mitten hinein in das Gewimmel aus Fangarmen und den weit aufgesperrten, messerscharfen Schnabel des Kalmars ...

... Halt suchend griff er in die Luft, bekam eine Hand zu fassen, die ihn festhielt. Fynn! Doch der Junge rutschte aus dem nassen Deck aus, und Vidocq zog mit seinem größeren Gewicht Fynn einfach mit über Bord.

Und dann wurde der Fall gestoppt, und Vidocq, der eben noch voller Grausen in den Schlund des Kalmars geblickt hatte, warf den Kopf herum und sah Fynn halb über die Reling hängen, mit beiden Händen Vidocqs Handgelenk umklammernd ... und über ihm Cornelius, dessen Gesicht vor Anstrengung verzerrt war und der ächzte: »Helft-mir-ich-kann-sie-nicht-mehr-lange-halten!«

37

Eine halbe Minute später lagen sie alle keuchend und mit wild klopfenden Herzen an Deck, durchnässt vom Meerwasser, besudelt von Tintenfischtinte. Der Köderfisch war weg. Der Kalmar auch. Die Mary Celeste schwankte wie ein Pendel, das Wasser rund um sie herum spritzte auf, aber sie kenterte nicht.

Lena fand als Erste ihre Sprache wieder. »Alter, wenn der Kalmar jetzt noch irgendwo 'ne Harpune stecken hat, kann er sie behalten. Mir reicht's!« Sie hob eine zitternde Hand, und Franzi klatschte sie genauso zitternd ab.

Vidocq rollte sich herum und stierte Cornelius an. »Das war Rettung in letzter Sekunde.«

»Als ich sah, dass Sie über Bord zu gehen drohten, bin ich aus dem Deckshaus gerannt …«, keuchte Cornelius.

»Du hast das Steuer im Stich gelassen, Matrose«, stieß Vidocq hervor. »Das war Befehlsverweigerung!« Cornelius' Augen weiteten sich. Vidocq streckte eine Hand aus, packte den Jungen im Nacken und zog ihn zu sich heran, bis er seine Stirn gegen seine legen konnte. »Und verdammt gut hast du daran getan, mein Freund. Danke!« Mit der freien Hand zog er Fynn in eine Umarmung. »Und du auch. Ihr seid meine Helden. Ohne euch wäre ich dem Vieh direkt ins Maul gefallen.«

»Der Kalmar hätte Sie sowieso wieder ausgespuckt«, sagte Lena.

Vidocq nickte. »Genau in deine Arme, bewundernswerte Lena.«

»Pfff. Ich hätte mich schon weggeduckt, so voller Schleim und Tinte und Kalmarspucke, wie Sie dann gewesen wären!«

»Hättest du nicht«, sagte Vidocq und grinste. Lena funkelte ihn an, doch dann huschte ein Lächeln über ihr Gesicht, sie murmelte kaum hörbar: »Ritz, Alter!« und schaute weg.

»Ob der Kalmar sich jetzt immer noch rächen will?«, fragte sich Fynn.

Cornelius räusperte sich. »Der Kalmar ist jetzt nicht mehr unser Hauptproblem ...«

»Sondern?«

Cornelius rappelte sich auf und zeigte in die Richtung, in die er geblickt hatte, bevor der Kalmar angegriffen hatte. Jetzt sahen es die anderen auch. Über dem Horizont war das oberste Segel eines anderen Schiffs zu sehen.

»Das kann nur die Dei Gratia sein«, sagte Fynn. »Wenn die die Mary Celeste erreicht, bevor wir von hier verschwunden sind, dann hilft es uns nicht mal, wenn die Zeitmaschine wieder auftaucht. Die werden das Schiff dann nämlich sofort in Gewahrsam nehmen – und uns gleich mit dazu.«

38

Edgar Hanselmann stand mit offenem Mund und hängenden Armen da. Über die Zeitmaschine war nur das bereits bekannte Zucken gelaufen, als würde sich das Bild auf einem Monitor neu aufbauen, dann hatte sie wieder dagestanden, als sei nichts geschehen.

Nur, dass Pierre Hanselmann weg war.

Bernadette hatte immer noch die Pose eingenommen, mit der sie Hanselmann unter dem Ring hindurch auf das Sofa geschubst hatte – beide Arme nach vorn ausgestreckt. Alles war ganz still, bis auf das leise wispernde Summen der Zeitmaschine und das metallische Klingen der Euro-Münze, die über den Betonboden rollte und schließlich irgendwo liegen blieb.

Bernadette richtete sich auf und sagte dann feierlich: »Der Mistkerl wäre entsorgt.«

Edgar Hanselmanns Knie begannen zu wackeln. »Oh Gott«, sagte er. Er hielt sich an einem alten Kleiderschrank fest. »Oh Mann.« Langsam rutschte er an dem Schrank nach unten, bis er auf dem Boden saß. Er sah zu Bernadette hoch, die sich besorgt über ihn beugte. »Oh heilige Schei…«

»Ts, ts, ts!«, machte Bernadette. »Reiß dich zusammen, Edgar, sonst gibst du den Kindern noch ein schlechtes Vorbild.«

»Kommt ja nicht jeden Tag vor, dass einem der eigene Urahn plötzlich erscheint und einen mit einem Revolver bedroht.«

Bernadette streckte die Hand aus. Edgar ergriff sie und ließ sich in die Höhe ziehen. Seine Knie zitterten noch immer, aber er konnte alleine stehen. Er machte ein paar Schritte auf die Zeitmaschine zu, dann kniete er vor ihr nieder, musterte das Geheimfach, das Pierre geöffnet hatte, und fasste schließlich hinein.

»Leer«, sagte er. »Was mag wohl in der Ledertasche gewesen sein, dass sie ihm so wichtig war?«

Bernadette fischte aus der kleinen Uhrentasche ihrer Jeans eine Münze heraus. »Mindestens dreißig oder vierzig von denen.«

Hanselmann nahm die Münze. Seine Augen traten hervor. Er trug sie zu einem der staubigen Fenster und besah sie im Licht von allen Seiten. »Das ist ein goldener Louis d'Or aus der Zeit Ludwig des Sechzehnten! Mit den Palmblättern unter dem Lilienwappen auf der Rückseite!« Er schluckte. »Weißt du, wie hoch Sammler den Wert einer dieser Münzen einschätzen? Mindestens zehntausend Euro!« Seine Stimme schnappte über. »Und davon waren dreißig Stück in der Tasche?«

»Mindestens!«

»Großer Gott!«, stöhnte Hanselmann. »Die ganze Zeit über war ein Vermögen direkt vor meiner Nase. Ich hätte die Halle vor dem Bankrott retten können.« Er streichelte unbewusst die Münze. »Aber wenn ich die hier verkaufe und ein paar von meinen kleineren Schulden damit zurückzahle, gibt mir die Bank vielleicht noch eine Chance.«

»Ich denke«, sagte Bernadette, »du solltest die Münze behalten. Rein aus Nostalgie.«

»Das kann ich mir nicht leisten ...«

»Wer weiß. Schau doch mal hier rein. Ich kann kein Französisch, aber ich habe das Gefühl, ich weiß, was das ist.«

Sie zog ein mehrfach gefaltetes Papier aus der Gesäßtasche und reichte es Edgar. Dieser nahm es misstrauisch entgegen. Man konnte sehen, dass das Papier auf einer Seite eng beschrieben war.

»Lies es«, befahl Bernadette.

Das Dokument war zugleich ein Nachweis über ein Bankkonto, eine Verfügung, ein Testament und eine Vermögensüberschreibung. Sie betraf eine Bank in Paris, die es wahrscheinlich heute nicht mehr gab, aber die einen Nachfolger gefunden haben würde, der in ihre Verpflichtungen eingestiegen war. Das Dokument übereignete ein Bankkonto, das 1830 eröffnet worden war, und seinen zum Zeitpunkt der Dokumentenvorlage darauf befindlichen Betrag samt Zinsen und Zinseszinsen demjenigen, der dieses Dokument vorlegen konnte – und sich als Nachfahre des Kontoinhabers, Pierre Hanselmann, auswies.

Edgars Mund öffnete und schloss sich wie der eines Fischs, nachdem er das Schreiben laut vorgelesen hatte. Kein weiterer Ton kam heraus.

»Ich schätze, Pierre hat dieses Konto angelegt, als er merkte, dass seine Zeitmaschine funktioniert«, sagte Bernadette. Wahr-

Testament

Disposition et administration du compte bancaire suivant

Hugo Charlais & fils

Banque privée

Numéro de compte : 48867734-845

24. Avril 1830, Paris

scheinlich dachte er, dass er damit in die Zukunft reisen könnte, um dann in hundertfünfzig Jahren oder so selbst in der Bank aufzutauchen, sich als sein eigener Nachfahre auszugeben und die Kohle zu kassieren.«

»Die … Kohle …?«, brachte Edgar hervor.

»Nach so langer Zeit kommt da schon was zusammen. Wenn er nur … sagen wir mal … hmmm … einen Wert von heute zehntausend Euro auf das Konto gelegt hat … und rechnen wir der Einfachheit halber mit hundertachtzig Jahren Laufzeit seitdem … bei durchschnittlich drei Prozent Zinsen … dann wären das … « Bernadette schloss die Augen und rechnete flüsternd vor sich hin, »… mit Zins und Zinseszins … ohne Berücksichtigung von zusätzlichen Ausschüttungen … heute um die zwei Millionen Euro!«

Hanselmann musste sich wieder anlehnen. »Oh heilige …«

Bernadette grinste.

Edgar schüttelte sich. »Ich bin der einzige Nachfahre von Pierre Hanselmann!«, sagte er.

»Dann hat dein Vorfahr dir gerade ein wunderbares Geschenk gemacht«, meinte Bernadette. »Du solltest sein Andenken in Ehren halten.«

»Wie bist du überhaupt an das Papier gekommen … und die Münze!?«

»Hab sie aus der Ledertasche geklaut, als er kurz nicht aufpasste. Ich dachte mir, wenn zwischen so wertvoll aussehenden Goldmünzen ein Stück Papier aufbewahrt wird, dann muss das noch wertvoller sein als das Geld.«

»Ich möchte dir die Hand küssen«, sagte Edgar überwältigt.

»Papperlapapp. Hast du nicht irgendwo einen schönen, teuren, zweihundert Jahre alten Cognac rumstehen? Dann mach den jetzt auf und lass uns lieber darauf anstoßen, dass du deine Geldsorgen los bist.«

»Ich küsse dir trotzdem die Hand!«, sagte Edgar, umarmte Bernadette und küsste sie auf die Wange. Bernadette musterte ihn mit einem halben Lächeln.

»Dein Bart sticht«, sagte sie.

39

»Verstecken wir uns erst mal unter Deck«, schlug Vidocq vor. »Am besten im Frachtraum. Vielleicht fährt das andere Schiff ja weiter.«

»Wenn es wirklich die Dei Gratia ist, nicht«, sagte Fynn. »Deren Besatzung übernimmt die Mary Celeste und bringt sie nach Gibraltar.«

»Was eigentlich auch unser Ziel war«, sagte Cornelius. Er betrat vor den anderen den Frachtraum. »Mist!« Er trat gegen eines der Fässer. »Bockmist!« Seine Stimme kippte. Noch ein Tritt. »Bock-Bock-Bockmist!«

Vidocq wollte ihm folgen, doch Franzi hielt ihn auf. »Lassen Sie ihn«, sagte sie leise.

»So wütend hab ich ihn noch nie erlebt«, flüsterte Lena. »Ich weiß gar nicht, ob ich das jetzt krass oder ritz finde.«

Aus dem Frachtraum ertönte Cornelius' vor Wut und Angst schrill gewordene Stimme. »Und du bist an allem schuld, blöde Zeitmaschine!«

Tritt.

»Kannst du uns nicht einmal da absetzen, wo wir hinmüssen?«

Tritt.

»Aber nein …!«

Tritt. Tritt.

»Du musst immer deinen eigenen Kopf …« Cornelius' Stimme verklang. Draußen vor dem Frachtraum sahen sich Vidocq und die Kinder verwirrt an.

»Mit wem redet er da?«, murmelte Lena.

Cornelius trat aufs Unterdeck hinaus. Seine Augen waren riesengroß, sein Gesicht blass. Er starrte sie an. »Haut mir eine rein«, sagte er.

»Bist du verrückt geworden?«

»Wer mir eine reinhaut, bekommt von mir ein Jahr lang das Passwort für alle meine Spiele-Abos.«

Lena, Fynn und Franzi holten gleichzeitig aus. Cornelius duckte sich unwillkürlich. Die Freunde ließen die Arme sinken und grinsten. »Darauf kannst du lange warten, Alter«, sagte Lena. »Aber ich geb dir ’nen Pferdekuss, wenn du magst.«

Cornelius schüttelte langsam den Kopf. Dann zwickte er sich und brummte dabei: »Das tut’s auch.« Er sah sich um. »Kein Traum.«

»Sagst du uns mal, was los ist?«, verlangte Fynn.

Cornelius trat beiseite und machte eine große Geste in den Frachtraum hinein. »Folgt mir«, sagte er geheimnisvoll. »Ich bringe euch zu einem guten Freund.«

Sie gingen mit ihm um die Fässer herum und sahen das Wabern der Luft innerhalb des elegant geschwungenen Rings, das Blinken der gewienerten Armaturen, das leuchtende Rot des Sofabezugs.

Die Zeitmaschine.

Sie war wieder da.

40

SHHH-ZAMMMM.

Das Wasser war kalt. Verdammt kalt.

Aber in den ersten Augenblicken spürte Pierre Hanselmann die Kälte gar nicht. Er hatte eine dermaßen große Wut, dass es ein Wunder war, dass er damit das Meer nicht zum Kochen brachte. Die alte Schachtel hatte ihn reingelegt! Und sein Ur-Ur-weiß-der-Teufel-wie-viele-Urs-noch-Enkel war anscheinend auch nicht so dämlich, wie er gewirkt hatte. Oder war das alles das Tun der hässlichen Alten gewesen? Egal, sie hatten Pierres Pläne jedenfalls durchkreuzt, und dafür würde er sich irgendwann rächen! Sie hatten ihn noch nicht zum letzten Mal gesehen. Und die Kinder auch nicht, und erst recht nicht Vidocq, der verfluchte Plattfuß!

Pierre sah sich um. Nicht weit von ihm entfernt trieb das losgerissene Rettungsboot der Mary Celeste in den Wellen. Er schwamm ungeschickt und nun doch vor Kälte bibbernd dorthin und zog sich mühsam an Bord. Er zitterte jetzt am ganzen Leib.

Bislang hatte er es gehasst, von der Zeitmaschine erfasst und in jenen Nichtzustand versetzt zu werden, der einen ereilte, wenn man in der Zeit verloren ging. Nicht ganz wach, nicht ganz bewusstlos, irgendwo zwischen Sein und Nichtsein, aber sich vage bewusst, dass man ein Gestrandeter in dem größten Ozean war, den die Schöpfung kannte, nämlich der Zeit.

Jetzt jedoch hoffte er, dass die Kinder die Zeitmaschine bald anwerfen und mit ihr in die Gegenwart zurückkehren würden. Dann würde er endlich dieser Kälte entkommen. Mit blauen Fingerknöcheln umklammerte er die Ledertasche. Plötzlich bekam er Angst, dass sein wertvollster Besitz, die Bankverfügung, nass geworden sein könnte. Zitternd knöpfte er die Tasche auf und schaute hinein. Seine Augen traten hervor. Das war doch nicht … das konnte doch nicht …

Die Alte! Sie hatte die Tasche in der Hand gehabt.

Pierre warf den Kopf in den Nacken und wollte vor Schreck und Wut heulen wie ein Wolf. Doch er verschluckte sich, denn plötzlich fühlte er das bekannte Ziehen und Kribbeln – als würden Hunderte von Fingern an ihm zupfen. Jemand aktivierte die Zeitmaschine.

Es konnten nur die Kinder sein.

In all seinem Schreck und seinem Zorn war er direkt dankbar dafü…

SHHH-ZAMMMM.

41

Der weite weiße Raum, in dem die Kinder nach jeder Mission mit Vidocq zusammentrafen, schien irgendwie schon wieder kleiner geworden zu sein. Fynn war sich ziemlich sicher, dass das, was er in einiger Entfernung ausmachen konnte, der Umriss einer Tür war. Es war nur eine dünne, rechteckige Fuge, ohne Klinke, ohne Schloss, ohne Möglichkeit hindurchzugehen.

Dieser Raum war der Ort, an dem sich Vidocqs Geist aufhielt. Fynn hatte schon oft mit Franzi darüber gesprochen. Sie waren sich beide nicht im Klaren darüber, ob der Raum ein Gefängnis für die Seele des alten Detektivs war oder ob er ihn selbst geschaffen hatte. Fest stand nur, dass er sich mit jedem Einsatz veränderte. Würde er eines Tages, wenn sie alle Missionen vollendet hatten, einfach nur ein Raum sein mit einer Tür, durch die Vidocqs Geist hinaustrat und dann für immer frei war? Sosehr Fynn es seinem Vorfahren wünschte, so traurig war er jetzt schon bei dem Gedanken, dass ihre Abenteuer vielleicht irgendwann enden würden.

Der alte Vidocq kam aus dem weißen Nichts heraus und trat auf sie zu. Er lächelte fröhlich. Dann musterte er die Kinder eines nach dem anderen. »Ihr seht total nass und zerzaust aus! Ist etwas passiert? Lieber Himmel, ich hätte euch nie auf diese Mission …«

Fynn hob die Hand. »Wir sind ins Hafenbecken von Gibraltar gefallen, das ist alles«, sagte er. »Wir haben nicht aufgepasst.«

»Stimmt das auch wirklich? Ich sende euch auf keine Missionen mehr, wenn die immer gefährlicher werden.« Vidocq sah sie prüfend an.

Bevor sie die Zeitmaschine betätigt hatten, hatten die Kinder sich darauf geeinigt, dem alten Vidocq nicht zu erzählen, was ihnen widerfahren war. Obwohl sie es diesmal mehrmals mit der Angst zu tun bekommen hatten, wollten sie weiterhin auf Rätselmissionen gehen – und Vidocq würde das nicht zulassen, wenn er das Gefühl hatte, dass die Kinder in ernsthafter Gefahr gewesen waren.

»War alles ritz diesmal, Herr ... äh ... Opa«, sagte Lena. Vidocq hatte sie schon bei der letzten Nachbesprechung zu ihrem Einsatz gebeten, ihn ganz formlos anzureden. Die Kinder hatten freudig eingewilligt, aber man musste sich trotzdem erst daran gewöhnen.

Cornelius zuckte mit den Schultern. »Na gut, einmal gab es ein paar merkwürdige Augenblicke, als Lena einem Typen schöne Augen gemacht hat ...«

»Waas? Du hast sie wohl nicht mehr alle, Alter? Ich und schöne Augen? Ich reiß dir die Ohren aus und mach mir Kopfhörer draus, wenn du das nicht sofort zurücknimmst ...!«

»Konntet ihr herausfinden, ob es den Riesenkraken wirklich gibt?«, fragte Vidocq.

»Eigentlich«, sagte Franzi lächelnd, »handelt es sich um einen Riesenkalmar. Und ja, Opa – es gibt ihn. Und ich glaube, er ist das beeindruckendste Tier der Weltmeere.«

»Habt ihr ihn selbst gesehen?«

Die vier Freunde sahen sich an. Ihnen allen war klar, dass sie Vidocq entweder einen Riesenbären aufbinden mussten, wenn sie bei ihrer Geschichte bleiben wollten, dass die Zeitmaschine sie brav in Gibraltar abgesetzt hatte – oder dass sie ihm die Wahrheit erzählen mussten. Keiner von ihnen wollte den Geist des alten Detektivs anlügen. Aber wenn er dann beschloss, dass die Missionen aufhören mussten, weil sie zu gefährlich waren? Cornelius und Lena schwiegen unsicher, weil sie nicht wussten, was sie sagen sollten. Fynn und Franzi tauschten einen Zwillingsblick aus, der mehr Informationen und gemeinsame Absprache enthielt als bei anderen Menschen ein zehnminütiges Gespräch.

»Wie war das, als du so alt warst wie wir?«, fragte Franzi. »Hast du da immer das gemacht, was deine Eltern dir gesagt haben?«

Vidocq sah Franzi nachdenklich an. »Ich bin ratlos, wohin diese Frage führen soll«, gestand er. »Was führt ihr im Schilde?«

»Haben deine Eltern dir mal was nicht zugetraut, von dem du aber wusstest, dass du es kannst?«

Vidocq seufzte. »Mein Vater hat mir nie vertraut«, sagte er. Ich konnte es ihm nie recht machen, also fing ich irgendwann an zu klauen und zu betrügen. Was natürlich blöd von mir war«, fügte er schnell hinzu.

Die Kinder schwiegen verlegen. Vidocq zuckte mit den Schultern. »Irgendwas hab ich ja wohl doch richtig gemacht, sonst könnte ich nicht hundertfünfzig Jahre nach meinem Tod mit so prächtigen Kindern wie euch reden.« Er lächelte fröhlich.

Fynn fasste sich ein Herz. Das Gespräch war genau in die Richtung gegangen, die er und Franzi sich erhofft hatten. »Vertraust du uns?«, fragte er.

Vidocqs Geist schwieg. »Oje«, sagte er dann. »Ihr habt mir nicht alles erzählt, oder? Es war doch gefährlich.«

»Vertraust du uns, Opa?«

»Ja«, sagte Vidocqs Geist.

»Willst du wissen, was es mit dem Riesenkalmar auf sich hat? Wie es so ist, wenn man einen erblickt ... Wie er aussieht ... Wie groß er ist ... Was man bei seinem Anblick fühlt ...?«

»Natürlich!«

»Dürfen wir weiterhin auf Missionen gehen?«

»Das entscheide ich, wenn ich die ganze Wahrheit gehört habe.«

»Puh«, sagte Lena. »Die Erwachsenen müssen immer das letzte Wort haben.«

»Vertraut ihr mir?«, fragte Vidocq mit einem schlauen Grinsen.

Fynn begann zu lachen. »Ich glaube, wir haben vergessen, dass wir es mit einem Detektiv zu tun haben. Also gut – wir erzählen dir, was wirklich geschehen ist, und verlassen uns darauf, dass du uns zutraust, weitere Missionen zu meistern.«

»Ritz«, sagte Vidocq und lachte ebenfalls, als Lena überrascht die Luft einzog.

42

Als die vier Freunde wieder in die Antiquitätenhalle zurückkehrten, wartete dort nur Bernadette auf sie.

»Edgar hat einen kurzfristigen Termin bei seiner Bank bekommen«, sagte sie grinsend.

»Edgar?«, fragte Lena frech und zog die Augenbraue hoch.

Bernadette zog sie auf die gleiche Weise hoch und schaute Lena an, bis diese den Blick senkte. »Edgar«, bekräftigte sie gelassen. Dann fasste sie die Freunde genauer ins Auge. »Wieso seid ihr so nass? Und wieso riecht es hier plötzlich nach Gammelfisch?«

»Das erzählen wir dir zu Hause, einverstanden?«, fragte Cornelius.

»Dann holt mal eure normalen Klamotten. Duschen könnt ihr bei mir. Und ich mache euch auch was zu essen, ihr seid sicher hungrig.« Bernadette hob einen Schlüssel hoch, mit dem man auch das Tor einer Festung hätte zusperren können, so riesig war er. »Ich schließe hier ab.«

»Du hast den Schlüssel für die Halle?«, fragte Cornelius überrascht.

»Was ist los?«, rief Bernadette. »Hat euch der alte Vidocq schon angesteckt? Er ist der Detektiv, nicht ihr!«

Die Freunde fuhren mit U- und S-Bahn zurück zu Bernadettes Haus, während Cornelius' Oma wieder mit ihrem Motorrad fuhr. Das Naserümpfen der anderen Fahrgäste ignorierten sie – außer

Lena, die jeden strafenden Blick eines Erwachsenen zurückgab, indem sie den Zahnarztspiegel herunterklappte und ein riesiges künstliches Grinsen aufsetzte. Bei Bernadette benutzten sie nacheinander die Dusche, dann versammelten sie sich um den Esstisch. Bernadette steckte den Kopf in den Kühlschrank.

»Oh«, murmelte sie, »ich hab nicht dran gedacht, was einzukaufen. Sollen wir Pizza bestellen? Ah – Moment. Ich hab noch was im Gefrierfach.«

Sie tauchte aus dem Kühlschrank auf und hielt eine Schachtel hoch. »Wie wär's damit?« Sie spähte auf die Aufschrift. »Gebackene Tintenfischringe?«

Die Freunde sahen sich an und brachen in Gelächter aus. »Pizza!«, brüllten sie im Chor.

43

Eugène Vidocq blickte sich verwirrt um. Wieso stand er auf einmal auf der Straße vor dem Gebäude, in dem das Bankett stattfand? Gerade war er doch noch drin gewesen und hatte der Gräfin Duplessis die Hand geküsst und ihr Komplimente gemacht, während er zugleich das Diamantarmband von ihrem anderen Handgelenk zu stehlen versucht hatte.

Und wieso war er klatschnass und stank nach Fisch wie ein alter Seebär nach hundert Tagen Fangfahrt? War er in die Seine gefallen und hatte es nicht gemerkt? Verdammt. Wie auch immer es sich zugetragen hatte, dass Vidocq jetzt vor Nässe triefte und stank, in diesem Aufzug würde er nicht mehr zum Bankett zurückkehren können. Er musste aber wieder dort hinein, um die Reichen weiter zu beklauen, nicht zuletzt, damit er die Gebühren für die versaute Leihkleidung bezahlen konnte.

Verdammt.

Oben öffnete sich eine Tür, und jemand trat heraus. Ein Mann, teuer gekleidet, mit einem Champagnerkelch in der Hand, das Gesicht gerötet. Er stand schwankend am oberen Treppenabsatz und musterte die Lakaien.

»He Leute schmussma schnell wohin ...«, lallte er. »Woissn hier was ...?«

Er wartete die Antwort gar nicht ab, sondern stolperte die Treppe herunter, mehr darauf bedacht, nichts von seinem Champagner zu verschütten, als nicht hinzufallen. Unten torkelte er in ein vor sich hin dösendes Kutschpferd hinein, das erschrocken schnaubte.

Der Mann boxte das Pferd. »Blöde Mähre wasmussn du hier rumstehn!«, schimpfte er.

»Monsieur, lassen Sie das!«, rief der überraschte Kutscher.

Der Betrunkene zog das Pferd grob an der Mähne. »Blöder Zossen!«, rief er. »Dass hatn Nachspiel, dassagisch dir. Schsorg dafür, dassi dir den Gaul wegnehmen unsu Seife veraabeitn, jawoll! Undu kommsins Zuchthaus!« Der Mann hickste und wäre beinahe umgefallen. Statt das Pferd zu schlagen, hielt er sich jetzt an ihm fest. »Schbin nämlich Rechtsanwalt, unn berühmter noch dazu, jawoll!«

Vidocq stand plötzlich neben dem Betrunkenen. Er nickte dem Kutscher zu. »Kommen Sie, Euer Ehren«, sagte er höflich. »Ich helfe Ihnen. Müssen Sie mal ein paar Gläser Champagner loswerden? Ich auch. Gehen wir gemeinsam um die Ecke.«

Der Betrunkene ließ sich bereitwillig den Arm um die Schulter legen. »Sinsie auch aufm Bankett?«, fragte er. »Wieso sinsie so nass, Monsieur? Unner Gestank – bäh.«

Vidocq zog den Mann um die nächste Ecke in eine dunkle Seitengasse. Der Betrunkene war ungefähr gleich groß und gleich schwer wie Vidocq. Seine Klamotten würden passen, als wären sie für Vidocq gemacht.

»Hicks ismir schlecht ...«, stöhnte der Mann und sackte zusammen. »Lassnse mich schlafen, Sie Kanaille, schbin müde ...«

Ein paar Minuten später kam Vidocq wieder um die Ecke, mit trockener Kleidung, in deren Taschen zu seiner Freude auch noch Bargeld und eine teure Uhr steckten. Er warf dem Kutscher ein paar Münzen zu, tätschelte das Kutschpferd und stieg die Treppe hoch, den Türstehern freundlich zulächelnd und bereit, die Reichen und Schönen dort drin um alles zu beklauen, was er in die Finger kriegen konnte.

Nachbemerkung

Das Geheimnis um das Schicksal der Mary Celeste und ihrer Besatzung gehört zu den größten Rätseln der modernen Seefahrt. Bis heute weiß niemand, warum die Seeleute ihr vollkommen seetüchtiges Schiff verlassen haben und was aus ihnen geworden ist. Die Besatzung der Dei Gratia brachte die herrenlose Mary Celeste nach Gibraltar. Das Schiff bekam einen neuen Besitzer, aber es schien danach ein Fluch darauf zu liegen. Seeleute, die auf der Mary Celeste anheuerten, starben frühzeitig, ihre Besitzer verloren Geld und verarmten, sie wurde zum Mittelpunkt eines Versicherungsbetrugs und schließlich in der Karibik von ihrer in den Betrug verwickelten Crew absichtlich versenkt.

Gibt es nun Riesenkalmare, die so groß sind, dass sie ein ganzes Schiff versenken können? Oder sind sie nur Übertreibungen? Gebt einfach mal den Begriff »Riesenkalmar« im Internet ein und findet spannende Dinge heraus über Tiere, die halb der Legende, halb der Wirklichkeit angehören und die so intelligent sind, dass sie uns Menschen womöglich nicht viel nachstehen … oder, noch besser, fragt in der Bücherei nach einem Buch über diese Kreaturen. Ich garantiere euch eine spannende, ganz eigene Rätselmission.

Eugène François Vidocq
23. Juli 1775; † 11. Mai 1857

Vidocq war ein französischer Krimineller und späterer Polizist. Sein abenteuerliches Leben inspirierte zahlreiche Schriftsteller dazu, Detektivfiguren zu erfinden und sie Vidocq ähnlich zu machen. Er war der Gründer und erste Direktor der Sûreté Nationale, der französischen Kriminalpolizei. Nach seinem Ausscheiden aus der Kriminalpolizei eröffnete er eine Privatdetektei, die wahrscheinlich die erste der Welt war. Deshalb wird er von Historikern heute als »Vater« der modernen Kriminalistik und der französischen Polizei betrachtet und gilt als erster Detektiv überhaupt.

Bevor Vidocq sich – aufgerüttelt durch die Hinrichtung eines Komplizen – der Polizeiarbeit verschrieb, führte er ein Leben als Soldat, Deserteur, Pirat, Betrüger, Fälscher und Dieb. Sooft er sich an ehrlicher Arbeit versuchte, scheiterte er an seiner kriminellen Vergangenheit. Schließlich diente er als Polizeispitzel und Geheimagent für den Pariser Polizeichef. Dabei organisierte er eine

Brigade aus zivilen Polizeiagenten, die Keimzelle der heutigen Sûreté, und entwickelte alle modernen Kriminalpolizei-Methoden: Undercover-Arbeit, zivile Dienstkleidung, Ballistik-Tests, Verbrecherkarteien, Spurensicherung und erste forensische Methoden wie Fingerabdruckvergleiche.

Während seiner Zeit als Verbrecher eignete er sich Kenntnisse in der Kampftechnik Savate an, eine Art Kickboxen; in seiner Jugend galt er als fähiger Fechter. All diese Kenntnisse gab er bei der Ausbildung an seine Agenten weiter.

Viele Schriftsteller fühlten sich von Vidocq inspiriert. So bildet er z. B. in Honoré de Balzacs Schriften das Vorbild für die Figur des Vautrin, der nach einer Verbrecherkarriere Polizist wird. Vautrin verwendet Vidocqs Methoden und Verkleidungen und wird am Ende wie er Chef der Pariser Kriminalpolizei.

In Victor Hugos berühmtem Roman *Les Misérables* sind die Charaktere sowohl Jean Valjeans als auch Inspektor Javerts dem echten Vidocq nachempfunden; ebenso der Polizist Jackal aus *Les Mohicans de Paris* von Alexandre Dumas. Er war auch die Grundlage für Rodolphe de Gerolstein, der in den Zeitungsromanen von Eugène Sue allwöchentlich für Gerechtigkeit sorgte. Selbst in der Kurzgeschichte *Der Doppelmord in der Rue Morgue* von Edgar Allan Poe, die als das Werk angesehen wird, welches die Kriminalliteratur begründet, taucht ein Vidocq ähnlicher Detektiv auf. Und die sehr bekannten späteren literarischen Detektive wie Sherlock Holmes oder Hercule Poirot zehren von der Inspiration durch den wahren Vidocq.

Vidocqs Trainingscamp für Nachswuchsdetektive

Möchtet ihr auch so fit werden wie die vier Freunde Franzi, Fynn, Lena und Cornelius? Dann trainiert auf den folgenden Seiten die Kategorien Mathematik, Konzentration und logisches Denken.

A. Cornelius hat sich wieder ein paar Fragen für euch überlegt, um zu testen, wie gut ihr beim Lesen aufgepasst habt.

1. Wie ist der Name des Schiffes, auf dem die Freunde stranden?

a) Mary Celeste

b) Der Fliegende Holländer

c) Queen Mary 2

2. Welchen Kampfsport bildet Vidocq sich ein zu beherrschen?

a) Karate

b) Savate

c) Boxen

3. Wie viele Arme hat ein Riesenkalmar?

a) 6

b) 8

c) 10

4. Wo hätten die Freunde eigentlich landen sollen?

a) Auf Island

b) Im Hafen von Gibraltar

c) Auf Sizilien

5. Was bemerken die Kinder bei einem Angriff des Kalmars?

a) Er ist eigentlich ganz nett

b) Er kann sprechen

c) Er ist verletzt

6. Was versteckte Pierre Hanselmann einst in einem Geheimfach der Zeitmaschine?

a) Goldmünzen

b) Gummibärchen

c) Geldscheine

d) Unterlagen über ein Bankkonto

7. Wie befördert Oma Bernadette den Verbrecher Pierre Hanselmann zurück in die Vergangenheit?

a) Mit einem Tritt in den Hintern

b) Mit einem Schlag auf den Kopf

c) Mit einem Hieb in den Magen

B. Seefahrer lösen gerne Kreuzworträtsel, wenn ihnen langweilig ist. Sie sind daher wahre Meister im Rätselknacken. Findet auch ihr das Lösungswort heraus?

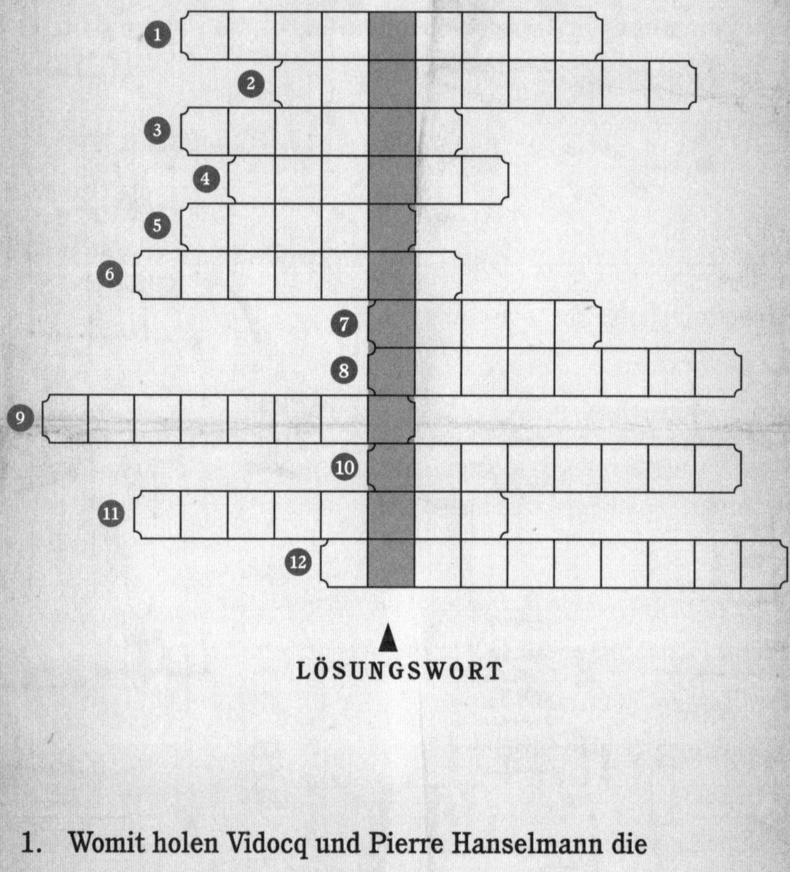

1. Womit holen Vidocq und Pierre Hanselmann die Mary Celeste ein?
2. Welches Schiff meinen die Kinder in der Ferne zu sehen?
3. Was backt Bernadette für Edgar Hanselmann?

4. Wie nennt man den Begriff aus dem Bankwesen, der dazu führt, dass sich Geld auf einem Bankkonto von selbst vermehrt?
5. Welche Flüssigkeit versprüht der Kalmar?
6. Was hat der Kalmar in der Haut stecken?
7. Welches Tier trägt eine gewisse Mitschuld daran, dass Cornelius' Handy konfisziert wurde?
8. Wie heißt das Meer, auf dem die Freunde das verlassene Schiff steuern?
9. Wie nennt man die Fangarme eines Kalmars?
10. Mit welchem Fahrzeug macht Bernadette die Straßen unsicher?
11. Welche Tiere sind auf dem YouTube-Video zu sehen, das Lena ihren Freunden zeigt?
12. Wie heißt die bekannte Umweltschutzorganisation, die sich unter anderem für die Rettung der Wale einsetzt?

C. Oma Bernadette hat sich ein paar Rechenaufgaben ausgedacht. Hier sind die Mathe-Detektive unter euch gefragt!

1. Um Kunden in seinen Antiquitätenladen zu locken, macht Edgar Hanselmann einen Aktionstag. Auf eine der Tassen, aus denen Bernadette ihren Kaffee getrunken hat, gibt es einen Preisnachlass in Höhe von 20%. Die Tasse kostet normalerweise 120 Euro.
   Wie viel Geld spart die ältere Dame, die die Tasse voller Entzücken kauft?

2. Neben all seinen Antiquitäten führt Herr Hanselmann auch Angelschnur in seinem Laden. Letzten Monat hat er davon 10 Meter verkauft und 2,10 Euro verdient.
   Wie viel würde er verdienen, wenn er 270 Meter verkauft?

3. In der Straße des Antiquitätenladens hat auch der Obst- und Gemüsehändler Gottlieb Habenichts sein Geschäft. Er ist 1,79 m groß und hat Schuhgröße 42.
   Was wiegt er?

D. Rechnen und Denksport kann ein Detektiv nie genug üben. Findet ihr die Lösungen für diese kniffeligen Aufgaben?

1. In einem Hafen lagen vier Schiffe vor Anker. Am Mittag des 2. Januar verließen sie gleichzeitig den Hafen. Es ist bekannt, dass das erste Schiff alle 4 Wochen in diesen Hafen zurückkehrte, das zweite Schiff alle 8 Wochen, das dritte alle 12 Wochen und das vierte alle 16 Wochen.
   Wann trafen alle Schiffe das erste Mal wieder in diesem Hafen zusammen?

2. Cornelius bezahlt gerne passend, möchte aber möglichst wenig Münzen mit sich herumtragen.
   Wie viele Geldstücke muss er mindestens bei sich führen, damit er alle Beträge zwischen 1 Cent und 2 Euro genau passend zahlen kann?
   Zur Erinnerung: Es gibt 1-, 2-, 3-, 5-, 10-, 20- und 50-Cent-Münzen sowie 1- und 2-Euro-Münzen.

E. Vidocq ist nicht nur ein Meisterdetektiv, sondern manchmal auch ein wahrer Sprachkünstler. Schlagt eine Wortbrücke zwischen die zwei vorgegebenen Wörter, sodass das eingefügte Wort sowohl das linke Wort ergänzt als auch dem rechten Wort vorangestellt wird. Es müssen jeweils sinnvolle Wörter entstehen.

Beispiel: Balkon – *Brückenwort* – Strauß

Das gesuchte Brückenwort ist: **Blumen**

Die Lösungen heißen demzufolge: Balkon**blumen** und **Blumen**strauß

Findet ihr heraus, welches Wort hier jeweils fehlt?

Zeit ________________ Wetter

Schiff ________________ Pferd

Kinder ________________ Platz

Kopf ________________ Baum

Scherz ________________ Frage

Meister ________________ Arbeit

Abenteuer ________________ Autor

Buckel ________________ Fisch

Geister ________________ Fahrt

Welt ________________ Ungeheuer

F. Vidocq zeigt den Freunden, dass man mit Streichhölzern nicht nur Feuer machen, sondern auch kniffelige Rätsel legen kann. »Nehmt fünf weg, um drei Quadrate zu erhalten«, lautet seine Anweisung. Bald rauchen den Kindern die Köpfe vom Denken.

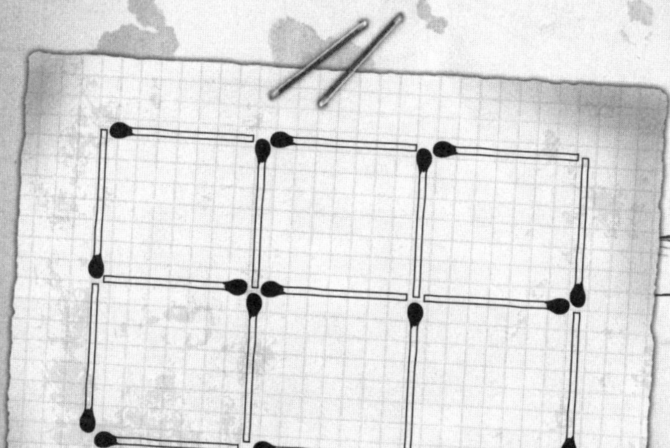

G. Lena kann es einfach nicht lassen, sich über Vidocq lustig zu machen. Daher hat sie sich neue Scherzfragen ausgedacht, auf die garantiert selbst der schlauste Detektiv reinfällt. Oder doch nicht? Schaut selbst!

1. Mit welchem Tier kann man unter Wasser schreiben?
2. In welchem Hafen gibt es keine Schiffe?
3. Welcher Löwe kann sehr gut schwimmen?
4. Mit welchem Tau kann man kein Schiff festmachen?

Die Lösungen findet ihr hier:

A. 1a), 2b), 3c), 4b), 5c), 6a) und d), 7c)

B. 1. Ruderboot, 2. Dei Gratia, 3. Kuchen, 4. Zinsen, 5. Tinte (genauer gesagt: Sepia, ein Drüsensekret, das dem Kalmar als Abwehr- und Tarnstoff dient), 6. Harpune, 7. Katze, 8. Atlantik, 9. Tentakel, 10. Motorrad, 11. Pottwale, 12. Greenpeace
Lösungswort: Riesenkalmar

C. 1. Die ältere Dame spart 24 Euro.
20% von 120 Euro errechnet ihr wie folgt:
120 Euro x $^{20}/_{100}$ = 24 Euro
Oder ihr wisst, dass 20% auch $^{1}/_{5}$ von etwas sind. Dann braucht ihr nur 120 Euro durch 5 zu teilen, und schon habt ihr das Ergebnis.

2. Herr Hanselmann würde 56,70 Euro verdienen.
10 Meter kosten 2,10 Euro.
1 Meter kostet 0,21 Euro (2,10 geteilt durch 10).
270 Meter kosten 56,70 Euro (270 mal 0,21).

3. Er wiegt sein Obst und Gemüse. Hier hat sich Bernadette wohl einen Scherz erlaubt.

D. 1. Nach 48 Wochen treffen alle 4 Schiffe wieder zusammen in dem Hafen ein. 48 ist die kleinste Zahl, die durch 4, 8, 12 und 16 teilbar ist. (Ihr könnt euch auch einen Kalender zur Hilfe nehmen und die Wochen durchzählen.)

2. Cornelius benötigt neun Münzen: z.B. 1 Cent, 2 Cent, 2 Cent, 5 Cent, 10 Cent, 20 Cent, 20 Cent, 50 Cent und eine Ein-Euro-Münze. Damit kann er jeden Betrag zwischen 1 Cent und 2 Euro genau passend zahlen.

E. Zeitreise / Reisewetter
Schiffschaukel / Schaukelpferd
Kinderspiel / Spielplatz
Kopfnuss / Nussbaum
Scherzrätsel / Rätselfrage
Meisterdetektiv / Detektivarbeit
Abenteuerbuch / Buchautor
Buckelwal / Walfisch
Geisterschiff / Schifffahrt
Weltmeer / Meerungeheuer

F.

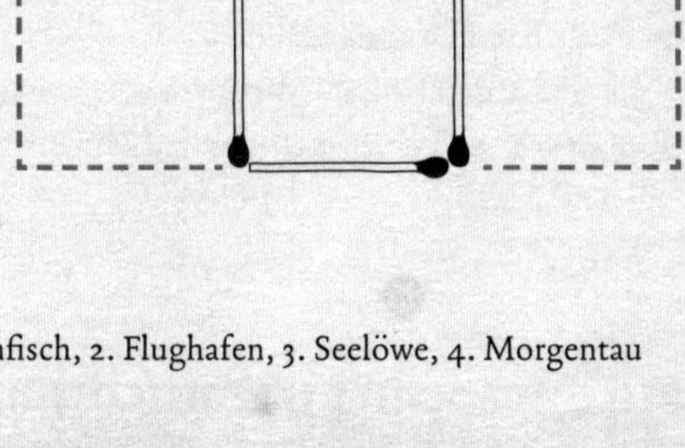

G. 1. Tintenfisch, 2. Flughafen, 3. Seelöwe, 4. Morgentau

Bildnachweise

AKG: S. 66 (Liebespaar), 189/212 (Münzen)

Shutterstock: Vorsatz/Nachsatz (Windrose/Oleg Iatsun, Kalmar/Paul Fleet, Segelschiff/BVA), S. 4 (Segelschiff/bluecrayola), 12 (Fliegender Holländer/Algol), 25 (Fliegender Holländer/Algol), 31 (Hand mit Handy/tanatat), 40 (Fabrikhalle/Creaturart Images), 48 (Windrose/Oleg Iatsun, Segelschiff/BVA), 53 (Segelschiff/Nils Prause), 54 (Metallschild/Andrey_Kuzmin), 61 (Schiffsbug/Thomas Barrat), 73 (Ruderboot/FooTToo, Deck/Naz-3D), 76 (Bullauge/Bertold Werkmann), 81 (Wal/Birdiegal), 92 (Thunfische/Ugo Montaldo), 96 (Kalmar/Paul Fleet), 97 (Schiff im Sturm/Algol), 102 (Kalmar/Paul Fleet), 114 (Kalmar/Paul Fleet, Thunfisch/fishvector), 124 (Steuerrad/U.P.images_photo), 131 (Bullauge/Bertold Werkmann, Schattenriss Mensch/furoking300, Kalmar/Paul Fleet), 140 (Lagerraum/goldenporshe), 142 (Hand in Mausefalle/Gyvafoto), 151 (Hand mit Revolver/jaroslava V), 165 (Kalmar/Paul Fleet, Schiff/tsuneomp), 168 (Kalmar/Paul Fleet), 179 (Thunfisch/fishvector), 187 (Schiffe am Horizont/Algol), 209 (Metallschild/Andrey_Kuzmin), 211 (Bullauge/Bertold Werkmann, Schattenriss Mensch/furoking300, Kalmar/Paul Fleet), 212 (Schiffe am Horizont/Algol), 216 (Thunfisch/fishvector)

Stoye Fahrzeugbau/Andreas Seipelt: S. 40 (Motorrad)

The Graphics Fairy: S. 12 (Schiff)

Ullstein: S. 31 (Wal), 204/215 (Mann mit Zylinder), 206 (Vidocq)

Dieser Titel ist auch als E-Book erschienen

FSC www.fsc.org MIX Papier aus verantwortungsvollen Quellen FSC® C014496

Originalausgabe

Dieses Werk wurde vermittelt durch die Literarische Agentur Thomas Schlück GmbH, 30827 Garbsen

Umschlaggestaltung: Johannes Wiebel, punchdesign, München, unter Verwendung einer Illustration von Moritz Bludau

Satz, Innenillustrationen und Bildbearbeitung: Götz Rohloff - Die Buchmacher, Köln

Gesetzt aus der Fabiol

Druck und Einband: GGP Media GmbH, Pößneck

Printed in Germany

ISBN 978-3-8339-0710-4

5 4 3 2 1

Sie finden uns im Internet unter www.baumhaus-verlag.de

Bitte beachten Sie auch www.luebbe.de

Ein verlagsneues Buch kostet in Deutschland und Österreich jeweils überall dasselbe. Damit die kulturelle Vielfalt erhalten und für die Leser bezahlbar bleibt, gibt es die gesetzliche Buchpreisbindung. Ob im Internet, in der Großbuchhandlung, beim lokalen Buchhändler, im Dorf oder in der Großstadt – überall bekommen Sie Ihre verlagsneuen Bücher zum selben Preis.

Das Geheimnis um den verlorenen Kontinent

Richard Dübell
LAST SECRETS -
DAS GEHEIMNIS
VON ATLANTIS
Band 2
208 Seiten
mit zahlreichen
Abbildungen
ISBN 978-3-8339-0414-1

Nach ihrem Abenteuer am schottischen Loch Ness wartet ein neues Rätsel auf die Zwillinge Franzi und Fynn und ihre Freunde Lena und Cornelius. Ihre zweite Mission: Sie sollen herausfinden, ob es das sagenumwobene Atlantis je gegeben hat. Wenn ja, wo lag es, und warum ging es unter? Die Zeitmaschine soll die vier ins antike Kreta bringen, aber sie merken schnell, dass sie ganz woanders gelandet sind. Doch wo hat die Zeitmaschine sie stattdessen hingebracht? Ehe die Freunde dieser Frage auf den Grund gehen können, geraten sie alle in große Gefahr ...

Mit Rätseln, Spielen und spannenden Zusatzinfos

Baumhaus

»Wie es aussieht, hast du ein ganz massives Flatterlaken-Problem«, knurrte der Schädel.

Sabine Städing
JOHNNY SINCLAIR -
BERUF: GEISTERJÄGER
Band 1
272 Seiten
mit zahlreichen
Abbildungen
ISBN 978-3-8339-0467-7

Moment mal! Seit wann können Schädel knurren? Dem 12-jährigen Johnny läuft es kalt den Nacken runter, als ihn der Totenkopf anquatscht, den er im Moor gefunden hat. Als hätte er mit dem zickigen Geistermädchen und dem grölenden Highlander auf seiner Burg nicht schon genug Spuk am Hals! Doch der Totenkopf entpuppt sich als Profi in Sachen Gruselbekämpfung und hilft Johnny dabei, der mutigste Geisterjäger zu werden, den die Welt je gesehen hat!

Von *John Sinclair*-Erfinder Jason Dark empfohlen

Baumhaus

25. November
1872
Las Azores
LOGBUCH
Mary Celeste
25. November 1872
Der Wind frischt auf. Machen gute Fahrt.
Die Ladung mit den Alkoholfässern ist fest
verzurrt. Leichte Dämpfe im Laderaum.
Bis zum Abend haben wir weitere
40 Seemeilen zurückgelegt. Alle wohlauf.
GIBRALTAR
TWO PENCE
Werden also rechtzeitig in Gibraltar ankommen.
Passieren gerade an Backbord Santa Maria.
Keine besonderen
Vorkommnisse.
Captain
Benjamin Briggs
W
E
S